你是那風
非馬新詩自選集

第一卷 **1950-1979**

非馬畫作：從窗裡看雪，22 x 28 cm，丙烯，2001

非馬畫作：畫，28 x 33 cm，混合材料，2005

非馬畫作：新西遊記，41 x 51 cm，混合材料，1999

非馬畫作：秋，41 x 51 cm，丙烯，1996

《非馬新詩自選集》總序

　　每個作家都有出版全集的心願，我自然也不例外。但這心願對我來說，實際的考量要比滿足虛榮心來得多些。我常收到國內的讀者來信，問什麼地方能較完整地讀到我的作品。雖然近年網路興起，除了我自己營建的個人網站及部落格和博客外，許多文學網站也陸續為我的作品設立了專輯，但這些畢竟沒有白紙黑字讀起來舒適有味道，更沒有全集的方便及完整。秀威出版的這套四冊自選集（約佔我全部作品的四分之三），雖非名義上的全集，卻更符合我的心意。我想沒理由讓那些我自己都不太滿意的作品去佔據寶貴的篇幅，浪費讀者寶貴的時間。何況取代它們的，是一些精彩的評論及導讀文章。

　　我認真寫詩是在我大量翻譯歐美現代詩以後的事。上個世紀的六、七十年代，我在《現代文學》及《笠詩刊》上譯介美國當代詩，後來又擴及加拿大、拉丁美洲和英國詩人的作品，還有英譯的土耳其、法國、希臘、波蘭和俄國等地的詩。在翻譯過程中我得到了許多的樂趣，這些詩人的作品更為我的生活與寫作提供了豐富的營養。最近幾年常有台灣及大陸的年輕詩人對我說，他們在中學時期便接觸到我的詩，受到了很深的影響，有的甚至說是我的詩把他們引上了寫作之路。對我來說，他們這些話比什麼文學獎或名譽頭銜都更有意義，更使我高興。這是我對那些曾經滋養過我的詩人們的最好感恩與回報。

　　我希望我的每一首詩，都是我生命組曲中一個有機的片段，一個不可或缺的樂章。我雖然平時也寫日記，但不是每天都寫。有時候隔了一兩個禮拜，才猛然想起，趕緊坐下來，補記上那麼幾筆流水帳，無味又乏色。倒是這些標有寫作日期的詩作，記錄並保存了我當時對一些發生在身旁或天邊的事情的反應與心情。對我來說，有詩的日子，充實而美滿，陽光都分外明亮，覺得這一天沒白活。我深深相信，一個接近詩、喜歡詩的人，他的精神生活一定比較豐富，更多彩多姿。這是因為詩的觸覺比較敏銳，能讓我們從細微平凡處看到全貌，在雜亂無章的浮象中找到事物的真相與本質，因而帶給我們「一花一世界，一葉一菩提」的驚喜。特別是在人際關係越來越冷漠的今天，一首好詩常會滋潤並激盪我們的心靈，為我們喚回生命中一些快樂的時光，或一個記憶中的美景。它告訴我們這世界仍充滿了有趣及令人興奮的東西，它使我們覺得能活著真好。我常引用英國作家福特（Ford Maddox Ford，1873-1939）的話：「偉大的詩歌是它無需注釋且毫不費勁地用意象攪動你的感情；你因而成為一個較好的人；你軟化了，心腸更加柔和，對同類的困苦及需要也更慷慨同情。」能寫出幾首這樣的詩來，我想便不至於太對不起詩人這個稱號了。

2011年4月12日寫於芝加哥　

目次

1950年代

星群

星群

星群

我一個名字都叫不出來的星群

從懂得數字起便數到現在都數不清的星群

夜夜我躺在露水很重的草地上仰望你們

希望從你們那裡得一點消息

關於另一個世界——

一個為口徑200吋的望遠鏡

所窺不到的世界

港

霧來時
港正睡著

噩夢的怪獸用濕漉漉的舌頭舔她
醒來卻發現世界正在流淚

目送走一個出遠門的浪子
她想為什麼我要是南方的不凍港

1960年代

你是那風

你是那風，搖曳
婆娑的椰樹
在白雲深處
使他寂寞

你是那風，激盪
女面鳥的歌聲
在嚴重的時刻
引他思鄉

你是那風你是那風
垂死愛情的撲翅
上帝最後的嘆息

我開始憎恨

我開始憎恨

野鼠泥濕的足爪

竄過黑夜的曠野，我鬱悶的胸膛

我的胃翻騰如海上流浪的手風琴

當一隻消化不良的黑貓

在病月黃黃的手指摸不到的角落

嘔吐著傍晚時一個魚白色的笑容

不久灰霧將再度升起

自漠漠的湖面你的眼睛

而當烈日終於揭去你的面紗

我們的相望定必更陌生吧

因那時我們將已是一尾尾死了的魚

在發臭的灘上曝晒乾癟的眼球

我焦急

我焦急
海的多毛的手
正攀上苔黑的岩岸
鹹沫的厲笑，迴盪於
凌亂的鷗翅與追蹤的往事之間
濺著你的眼瞼了！

我不敢用手指寫在沙上，怕你
牢牢記住，像記住石碑上
古老的碣語

樹1

我笑千百種笑當晨風吹過
我笑時渾身顫動──
他常說胖的女人多福

解生命陰影的褻衣於腳下
抬頭見他眼裡正燃著火──
像所有我愛過的男人

樹2

想擁護什麼的
想迎接什麼的
當風來時

但六十年代的叫囂早已沉寂
揮舞的拳頭綿羊般溫順了

風過後
騷動的手於是感到無聊
且嗒然了

阿哥哥舞

抖落抖落抖落
你的臂她的髮我的寂寞
急促的腳跟紅腫
好長呀生之旅程
而戰鼓癲狂
靈魂突圍之戰正酣
而號角爭鳴
呼你呼你呼你
以一長串黑色的名字

侶伴，你為何戰慄

子夜彌撒

然後我們驅車
去有彩色玻璃穹頂的暖房
看那株種了將近兩千年
且用人子的血灌溉過的
十字架
是否開了花

當風琴頭一個忍不住
嗚嗚哭起來的時候
我們便紛紛拿起大衣,知道
今年無論如何
是不會有希望的了

只有那個不死心的管理員
仍在那裡唸唸有辭
一邊亂灑著水

日光島的故事

白天
擠在摩天樓的陰影裡
乘涼

夜晚
卻爭著去霓虹燈下
曝晒蒼白的靈魂

聽說那雙久久流落在
一張尋人招貼上的眼睛
終於被鄰近廣告牌
蠕動著的好萊塢肚臍眼
給活生生吸了進去

畫像

就這樣讓沒有焦點的眼赤裸裸
去同太陽的目光相遇

當旋風搬運秋野交叉的枝梗在你嘴角
構築一個苦笑的時候，我瞥見你的靈魂
自枯焦的鬚叢中灰鼠般竄出而又急急鑽入
你張開的口中深沉的黑暗

秋

為一片落葉
困惑，長髮的少年
悄悄收起
流浪了一整個夏天的
吉他
迷你裙裡的
腿

愛它
否則滾蛋
沒有多少選擇的
餘地

人類自月球歸來

他想叫喊
水草纏著他的腿像群蛇
而失去重量的聲音卻遠遠
在太空艙裡
在模糊不清的電視上
浮昇

當時間在海面上砰然濺落
人類自月球歸來的消息
便適時地轟傳了開來

1970年代

從窗裡看雪

一
黑人
　的
牙齒
　不再好
　脾氣地
咧著

二
被凍住歌聲的
　　　　鳥
飛走時
　　　掀落了
枝頭
　　　一片雪

三

雪上的腳印
總是
　　　　越踩越
　　　　　　　深
　　　　越踩越
不知所
云

四

下著下著
　　　　　在想家的臉上
竟成了
　　　亞熱帶
滾燙的
　　　陣雨

五

冷漠使我們獨立
　　　互不相屬
　　　　　　　小心翼翼

連大氣都不敢一呼
　　　　只要太陽不露面
將有個白色聖誕

六

枯樹的手
　　　　　微顫著張開
向上
老農臉上
　　　　龜裂的土地
　　　　綻出
新芽

七

突然鳴響的鐘聲
撼落
高聳塔尖
十字架上的
雪

在風城

想家的孩子

猛然

把乾澀的眼

張向

母親

噴沙的

嘴

破曉

一對鳥兒在枝頭
做愛，搖落了
一片莫名其妙的
葉子

轟然一擊，巨掌下
傳出嬰兒痛苦的初啼

產後的夜一直把眼睛閉著
不敢看她丈夫難看的臉色

演奏會

密密麻麻
雨罩下
網罩下

一尾受驚的靈魂
在逃竄時嗆了一口水
終於忍不住
大咳而特咳了起來

晨霧1

吞食了司晨的雄雞
一條口噴毒氣嘶嘶作響的蟒蛇
流水般從容地
向樹林深處逸去

此刻在煙幕彈的掩護下
一排染血的刺刀正在輪姦
一朵含淚的花

另一個角落
猛抽煙斗的老頭們
竊竊計議如何收購
世界的初夜權

而站在樓台高處舒展雙臂的詩人
在深深吸進了一口濕軟的空氣之後
忍不住呼出
「多美的晨霧呀！」

煙囱1

在搖搖欲滅的
燈火前
猛吸煙斗的
老頭

只想再吐
一個
完整的
煙圈

一女人

為一頂帽子
教唆男人
去扼殺七隻
羽毛艷麗的孔雀

她永遠快樂
永遠像開屏的孔雀
在七面鏡子裡
追覓
自己的
尾巴

構成

不給海鷗一個歇腳的地方
海定必寂寞

冒險的船於是離岸出發了
豎著高高的桅

香煙

燒到手指頭的時候
煙灰缸的亂墳堆又多添了一具屍首

注定被點燃吸盡撚熄的生命
猶在不甘心地呼最後一口氣

日子

把今天從日曆上扯下來
投入廢紙簍的輕快！
你小心翼翼
把相思這件貼身的襯衫脫掉
疊放在枕頭底下
然後旋開
封閉了三十多年的瓶塞……

廢紙簍

張著嘴

隨時準備

把吞咽下太多的

生命渣滓

噴你個

滿頭滿臉

我知藍天

藍天是一個鐘形的玻璃罩
人的眼睛看不穿它的透明

於是我有被囚的難堪感覺
雖我無翅

冬日

在一夜之間衰老
呆滯的眼直直瞪著
另一個世界

灰茫茫的天空
誰關心
一隻小鳥的下落

流浪者

握緊拳頭猛對自己鼻梁一擊
便有了滿天的繁星

甚至對這樣升起的燦爛夜空
他也已感到厭倦

森林

不再有樹
樹上的鳥
或天

扭打著
祈求著
沉溺著
從煙霧的城市
從炮聲隆隆的田野
從空虛的心
眾多的手
伸向我
髮的覆蓋
成了
森林

校閱

有台上睥睨的墨鏡
便有台下陰天的臉

最後的戰爭已經結束
現在我們齊步邁向最初

鳥1

這鳥
飛向天邊
竟是這般
悠逸
吊著
一顆
塵
心

失眠

被午夜
陽光
炙瞎
雙眼的
那個人
發誓
要扭斷
這地上
每一株
向日葵
的脖
子

門

老處女的
雙唇

童貞
在它裡面

路1

兩小鎮間的

那段小腸

在一陣排泄之後

無限

舒暢起來

靜物1

一隻桔子
的胃
蠕動著
在消化
世界

一雙監視
的眼皮
終於
沉重得
撐不開來

畫

用現實的筆尖
把妳蝴蝶般活活
釘牢在紙上
看妳
笑不笑得出

蒙娜麗莎

事件

踩著了
尾巴

這人怎麼啦
我明明
踩的是

一條
貓
尾
巴

三月作品

一

如何戳穿如何挑撥
一張鼓皮一個孕婦的
肚皮

一聲脆響一聲哀號
一把性飢渴的
刺刀

二

往外看
往外看
往外看

金魚缸的凸眼
寂寞公寓的窗

三

不停息地
飛
為
兩片
翅膀

風中的
一隻
倦
　鳥

歲月

掙扎過
乾涸的
眼角
時間的魚
便在

世紀外的
海上
興風作浪

暴風雨前

緊緊撐著
坍塌下來
的天空
樹
突然
鬆出雙手
抓住了
一隻
驚
　　　惶
的
　　　　鳥

看五代人畫「秋林群鹿」

一個

心悸

自鹿角躍

上

枝頭

頃刻間

在

整座

森林裡

輾轉

轟

傳

幕啟

扮演

歌劇裡

大公爵

的

那隻

大公雞

在把

朝陽

抒情得

最臉紅的時候

吞下了

一條

長──長──長──長──

的蚯蚓

哈佛廣場

發
思古之幽情
對著
燒掉了
乳罩的
女孩

自
古老的
牆
常春藤
及時掩上
稚嫩的
臉

長城謠

迎面抖來
一條
一萬里長的
臍帶

孟姜女扭曲的
嘴
吸塵器般
吸走了
一串
無聲的
哭

返鄉

收拾行李時我對妻說
把鄉愁留下吧，要超重了

在海關他們把箱子翻了又翻
用 X 光器照了又照
終於放我們行

坐上回家的計程車
我想這下子可輕鬆了
不再……

卻看到鄉愁同它的新伙伴
蹲踞在家門口
如一對石獅

電視

一個手指頭
輕輕便能關掉的
世界

卻關不掉

逐漸暗淡的熒光幕上
一粒仇恨的火種
驟然引發
熊熊的戰火
燃過中東
燃過越南
燃過每一張
焦灼的臉

戰火裡的村落

蹲著
一張張
灰白
紋臉的
牆

這些疲累的印地安
西部片裡少不了的角色
在火光下靜靜蹲著
蹲著等酋長的另一聲

開麥拉！

照相

鎂光燈才一閃
便急急收起你的笑容

然後在一個發霉的黃昏
你對著發霉的相簿悲嘆

唉快樂的日子不再

圓桌武士
——巴黎和談

在巴黎的大圓桌上
爭吵著誰贏得了
美人的心——

挑在他們尖尖槍矛上
滴著血的
美人的心

春天的消息

不合季節的春天
有人在沿街叫賣和平

最後一批B-52撒完種走了
冰封的希望開始萌芽

魚與詩人

躍出水面
掙扎著
而又回到水裡的

魚

對
躍進水裡
掙扎著
卻回不到水面的

詩人

說
你們的現實確實使人
活不了

通貨膨脹

一把鈔票
從前可買
一個笑

一把鈔票
現在可買
不止
一個笑

新與舊

囂張的
新鞋
一步步
揶揄著
舊鞋
的
回憶

公園裡的銅像

這般難耐地
（他們稱之為不朽）
帶著微笑帶著沈甸甸的勳章站立
比在胸前別一朵紅玫瑰
平擺著供看熱鬧的人們憑弔
還要來得野蠻

黎明時腳下一對情人在擁吻中醒來
用夢般音調誦讀鑄刻的美麗謊言
竟又使我的胸口隱隱作痛
就在第一道晨光照射的地方
就在那玫瑰花開的地方

鳥籠

打開
鳥籠的
門
讓鳥飛

走

把自由
還給
鳥
籠

靜物2

憨憨了

一整個冬天

的

瘦花瓶

在暖暖

初春的

陽光裡

猛咳一陣

之後

吐出了

一口猩紅

猩紅的

鮮

玫瑰

靜物3

槍眼
與
鳥眼

冷冷
對視

看誰
更能
保持
現狀

沉思者

支著腮
思索
如何
支著腮
看電腦
思索

今天上午畢卡索死了

靜靜把多餘的午後消磨掉
好幾次走近窗口
看天上
是否出現最後一個驚奇

那顆太陽在鄰居的屋頂上
久久落不下去幾乎使我想起
永恆。今天上午畢卡索死了
不知那三個樂師
要奏些什麼曲調
不知那隻灰鴿
要往哪個方向飛

這雙頑皮的手
伸進來顯示
這世界還柔軟得可捏可塑
現在卻悄悄縮回去了
我下意識地伸出雙手想挽留它們

卻猛覺這舉動的幼稚可笑

便順勢為它們熱烈鼓起掌來

老婦

沙啞唱片
深深的
紋溝
在額上
一遍
又一遍
唱著

我要活
我要活
我要

和平之鴿

咕咕咕咕
被戰鬥機群霸佔去了
的藍天上
一個不幸的
白色
大笑話

籠鳥

好心的
他們
把牠關進
牢籠
好讓牠
唱出的
自由之歌
嘹亮
而
動心

致索忍尼辛

你使我想起
一隻
被主人用棍子
無情地驅趕
哀叫著躲開
而又怯怯挨回去的
狗
怕一走得遠些
便永遠失掉
回家的資格

你使許多人
不管他們身在何處
在心中
都成了
真正的
喪家之狗

裸奔

如何
以最短的時間
衝過他們
張開的嘴巴
那段長長的距離

脫光衣服減輕重量
當然是
好辦法之一

可沒想到
會引起
傷風
化以及
諸如此類的
嚴重問題

地球儀

等
把地球
撥得
呼呼轉的
手
停歇

我
指故鄉
給你
看

黑夜裡的勾當

仰天長嘯
曠野裡的
一匹
狼

低頭時
嗅到了
籬笆裡
一枚
含毒的
肉餅

便夾起尾巴
變成
一條
狗

晨霧2

七重薄紗

輕裹

早熟的

胴體

啊約翰

睜開

你的眼

看莎樂美

在婆娑起舞

為你解下

一重

又一重

而你終將俯首

承認

這是來自黑夜

唯一的清白

黃河1

把
一個苦難
兩個苦難
百十個苦難
億萬個苦難
一古腦兒傾入
這古老的河

讓它渾濁
讓它泛濫
讓它在午夜與黎明間
遼闊的枕面版圖上
改道又改道
改道又改道

夜笛

用竹林裡

越刮越緊的

風聲

導引

一雙不眠的眼

向黑夜的弄尾

按摩過去

人與神

他們總在罕有人煙的峰頂
造廟宇給神住

然後藉口神太孤單
把整個山頭佔據

要是打開收音機

發現今天
世界沒有了
新聞

自樓上飛身躍下的阿拉伯勇士吻過每隻
猶太人的腳便心滿意足真的死去
慷慨的愛爾蘭女孩也已定時把四肢
分給圍觀的人群
團結工會的會員早被禁止講波蘭笑話
而有藝術天才的非洲小孩也已把自己
叫囂的肚子用觀音土塑成
一座頗現代的小墳
華爾街終於被數字脹死了
而天空，天空保持中立
不晴也不雨

因此長波與短波
在沒有氣息的湖面

停止動盪
只偶而有神秘的訊號
自太空
烏鴉般闖入
驚悸的心

要是今天
這世界沒有了
新聞

有一次我要一隻鳥唱歌

牠說我唱
不出來也不想唱
這不是春天

我捏著牠的脖子
說
唱呀唱呀
不唱歌算什麼鳥

牠掙扎著
但終於沒唱成

我現在想
其實鳥沒錯
又不是詩人
哪能一年到頭
說唱就唱

但那時候我只一心
要牠唱歌
竟沒注意到
春天就在我手裡
微顫著
斷氣

今天的陽光很好

我支起畫架
興致勃勃開始寫生

我才把畫布塗成天藍
一隻小鳥便飛進我的風景
我說好，好，你來得正是時候
請再往上飛一點點。對！就是這樣
接著一棵綠樹搖曳著自左下角升起
迎住一朵冉冉飄過的白雲
而蹦跳的松鼠同金色的陽光
都不難捕捉
不久我便有了一幅頗為像樣的圖畫

但我總覺得它缺少了什麼
這明亮快活的世界
需要一種深沉而不和諧的顏色
來襯出它的天真無邪

就在我忙著調配苦灰色的時候
一個孤獨的老人踽踽走進我的畫面
輕易地為我完成了我的傑作

顛倒四曲1

• 昏 •

你爭我奪

霓虹燈

像一群餓極了的

鯊魚

撕食著

一張張

浮腫的

臉

• 夜 •

無助地

看

噩夢

在分隔

今天

與

明天

的非武裝區
遍插
黑旗

・午・

好不容易
等到
摩天樓把前爪
收起
失業的眼睛們
卻開始為那條
從佣工介紹所伸出的
越變越長的尾巴
驚惶

・晨・

國會還沒通過
該否晴朗
的日子
蓋洛普的意思是
既然大多數的納稅者
都不關心高棉或越南

天空的顏色
便沒有理由再派CIA
去謀殺他們的太陽

但誰能無視
只穿內褲的福特總統
「別玩骨牌，
當心把褲子輸掉！」

生命的指紋

繪在我地圖上

這條曲折

迴旋的道路

帶我

來到這裡

每個我記得或淡忘了的城鎮

每位與我擦肩而過或結伴同行的人

路邊一朵小花的眼淚

天上一隻小鳥的歡叫

都深深刻入

我生命的指紋

成了

我的印記

照片
——《在風城》出版後記

你喜歡就拿去吧
這張不會被擺進櫥窗的照片
沒有夢般柔和的光線
沒有梳得滑亮的頭髮
嘴角沒掛著甜笑
眼睛也不定定地看著鏡頭

但你可以從背景裡
看到沿途多變的天氣
你可以在嘲弄的眼色中
找到愛情

一雙戲謔的手
捧給你
一顆
仍敢變卦的
心

悼

沒有月亮的天空

每顆星

是回憶鞋中的

一粒砂

確證你的

存在

靜物4

一

白瓷觀音
微笑著
看一粒塵埃
在晨光中
墮落

二

一隻
瘦花瓶
在窗前
唱著戀歌
一面把枯萎了的
愛情
一瓣瓣
自心頭
扯落

三

睏著了的
搖椅背後
落地燈伸長脖子
孜孜地
在一頁久久
不翻過去的
聖經上
尋覓永恆

四

在咖啡屋
的黑森林裡
愛情滋長著
直到億萬年後
一個魯莽的樵夫
點起火摺
照亮了
錶面上的
時間

傘

一

共用一把傘
才發覺彼此的差距

但這樣我俯身吻妳
因妳努力踮起腳尖
而倍感欣喜

二

這麼多
熙熙攘攘
的傘

竟找不到
一把
有
仰天狂笑

看傘下

傴僂的靈魂

淋成

落湯雞

的

豪情

臺北雨季

一

被雨水泡腫了的
假期
喘著氣
在窄小的客舍裡
艱難地
轉身

二

看窗外斜雨
在寒流裡
一竿長一竿短
打撈
失落的春天

三

忘了冬天

曾是這麼冷

這麼風濕

每個記憶的關節

都在

隱隱作疼

天上人間

為了射殺
一隻入犯的
小鳥
他們用探照燈
在天上
劃定領空

為了射殺
一個逃亡的
同胞
他們用鐵絲網
在地上
圍建樂園

劫後

節慶過後的廣場上
到處是狂歡的痕跡

被高高拋起且踩爛了的帽子
隨著鑼鼓越舞越急使腳終於跟不上的鞋子
棕色小狗熊還緊緊握在小女孩的手裡
（她另一隻扯氣球繩子的手此刻在一百公尺外
扯她父親的小腸）
不再轉動的眼珠依然閃爍著夜裡的煙火
血還汩汩自張開的嘴流出如一支熱情的歌

但遠處轟轟傳來的另一個狂歡節來臨的消息
已無法使興奮過度的心臟多跳動一下

失眠

在故鄉的廢墟
躊躇著的
一聲
「喂，有人在嗎？」

竟從夢中逃亡
在清醒腦殼的
夜空上
自一顆星到
另一顆星
輾轉轟傳

唐山地震

被緊緊揪住衣領
沒頭沒腦
猛搖一陣之後
而多半還是若無其事的
我的同胞呀！
我越來越相信
多一次緘默
鎖鏈上便多一個牢固的環
多一次隱忍
囚牆上便增添一塊磚

如何從死牢裡救出
我們卑微的希望
我想知道

冬夜

用火鉗
輕輕
把
覆滿灰燼的
熱情
敲醒

暖暖的火舌
開始霹靂嘩啦
舔起
凝凍的黑暗

便有白霧
升自眼底
如春天陽光下
牛奶的
香味

創世紀

當初
人照自己的形象
造神

這樣
上帝是白人
　　下帝是黑人
至於那許多
　　不上不下帝
則都是些
　　不黑不白人

龍子吟

一顆顆

定時炸彈

在通貨膨脹的

肚皮下

滴答

滴答

滴答……

顛倒四曲2

·昏·

爭啄了
最後一粒
太陽
這群饑餓的
野鴿子
竟向我逐漸模糊的
瞳仁
咕咕走來

·晨·

塗滿惡夢的黑紙上

一個清秀的輪廓
浮現

·夜·

扭亮
一城燈海

照千里外的
你

奈何把眼緊緊
閉起？

● 日 ●

我是個好丈夫
億萬年的軌道
還得億萬年地
走下去

但怕你受不了
這炙人的現實
我讓臉上
佈滿陰霾

都市即景1

壯志凌雲
自窗口
一隻小鳥飛起

只一掠
便沒入了
灰連連的
屋脊

都市即景2

一直到把太陽

晒下了山

白髮的老人

才徐徐自長椅上

站起

然後微昂著頭

安祥地走向

逡巡街心

目射兇光的

獸群

醉漢

把短短的直巷
走成一條
曲折
迴盪的
萬里愁腸

左一腳
十年
右一腳
十年
母親啊
我正努力
向您
走
來

遊紐約大都會美術館

一

一隻古銅的

斷臂

猛然攔住

一群下班的腳

讓時間列車

轟隆轟隆

馳過

二

請勿觸摸！

這冷冷的銅膚下

燃著

最原始的

太陽

夜的世界

從角落裡
怯怯
向夜的世界伸出
觸鬚的天線

這些小傢伙
他們在偷偷收看
你的甜夢哪！

晨霧3

——結婚十五週年紀念

頻頻呵氣

頻頻用思念的絨布

揩拭幾乎遺忘了的

一雙美麗的大眼睛

直到它們

平滑得停不住一滴淚水

直到它們

晶亮得鏗鏘迸出

一串爽朗的笑

直到它們

深邃如蔚藍的湖泊

容納一個流浪的水波

無邊無際的夢

微笑1

一

撥開

烏雲

把火種

射向大地

引燃

眼睛

成為

太陽

二

劃過漆黑

的夜空

一粒火種

射向

不眠的眼睛

燃起

熊熊營火

把堅冷

孤獨的心

熔成一支

嘹亮熱烈的歌

微雨初晴

頭一次驚見你哭
那麼豪爽的天空
竟也兒女情長

你一邊擦拭眼睛
一邊不好意思地笑著說
都是那片雲…

一四六九號房

——亞特蘭大城

俯看
一城燈火
滿院子的螢火蟲

一個被囚的
遙遠的仲夏夜夢
蠢動著
欲破瓶
而出

喜怒哀樂

・喜・

氣泡
　　追吻
　　　　氣泡
百事可樂

・怒・

交抱的雙臂
鐵條般鎖住
唐山大地震
在昏天黑地的胸內

只格格作響的牙齒
透露一點
傷亡的消息

・哀・

哀
莫大於

心
不
死

對
一朵
溺斃了
的
雲

· 樂 ·

重重
一巴掌
打在
我的背上

你
仰天
笑
了

雨季

翻來覆去
總是那幾句話

滴滴答答
嘰嘰喳喳

而我們多巴望
一個暴雷
一聲斷喝

閉嘴！

反候鳥

才稍稍颳了一下西北風
敏感的候鳥們
便一個個攜兒抱女
拖箱曳櫃，口銜綠卡
飛向新大陸去了

拒絕作候鳥的可敬的朋友們啊
好好經營這現在完全屬於你們的家園
而當冬天真的來到，你們絕不會孤單
成群的反候鳥將自各種天候
各個方向飛來同你們相守

在火車上想你

越抹越模糊的風景

多霧氣的天空

多霧氣的原野

多霧氣的窗

多霧氣的眼

而你

卻用那麼清明的眼光

看我

自另一片風景

自另一個世界

俄馬哈

寬銀幕的天空
寬銀幕的原野
燒焦了的山崗與叢藪
處處埋伏著殺機及陷阱
鐵輪拼命敲擊著鐵軌
製造身歷聲的萬馬奔騰
一聲比一聲淒厲的呼嘯
近了！近了！

而終於抵達
平靜的俄馬哈
一個約翰‧韋恩殺剩的
印地安名字
於是在吐了一口長氣之後
有人拎起行李下車

附注：Omaha 為美國 Nebraska 州東部一城市，亦為一印地安部落名。
約翰‧韋恩為好萊塢的著名牛仔明星。

戀

有時候妳故意把臉
拉成一個帘幔深垂
高高在上的長窗
擋住陽光
擋住歡笑
擋住焦急關切的眼神

而早已超過戀愛年齡的我
依然滿懷酸楚
整夜徘徊在妳窗下
希望在千百次的抬頭裡
會有那麼幸運的一次
看到妳的眼睛在帘縫間
如雲後的星星閃爍

馬年

任塵沙滾滾
強勁的
馬蹄
永遠邁在
前頭

一個馬年
總要扎扎實實
踹它
三百六十五個
篤篤

雪仗

隨著一聲歡呼
一個滾圓的雪球
瑯瑯向妳
飛去

竟不偏不倚
落在妳
含苞待放的
笑靨上

這隻小鳥

感冒啦太陽太大啦同太太吵架啦
理由多的是

這隻小鳥
不去尋找藉口
卻把個早晨
唱成金色

風向針

不知該指
哪一個方向
這麼多張嘴
這麼多的意見

整個下午
它在鄰居的屋頂上
不停地搖擺
不停地呻吟

整個下午
我在等它立定腳跟
等它把憤怒的矛頭
直指風暴的心臟

太極拳

每天早上

老人

總要面向東方

小心翼翼

捧起

被黑夜蛀空了的

太極

摩挲推捏

成一個

滾紅滾紅的

太陽

春1

起初只是怯怯的

稀疏的兩三點滴

試探著把腳

伸向依然冰凍的地面

然後大粒大粒地

春雨

沿著街道，漫過原野

捶打著門窗，搖撼著樹木

吼著，叫著

向敵人潰退的方向

千軍萬馬掃蕩過去

於是我們知道

冬天是過去了

苦難的日子是過去了

所有捏緊的拳頭都鬆開來

熱情地相握

所有咬緊的嘴唇都綻出
一朵朵微笑
萬紫千紅呈獻給這世界

四季1

・春・

風和日麗
看我們敞開胸懷
把生命裡最嬌嫩
最鮮艷的花蕊
呈獻給這世界

雖然
冰雪的影子不遠

・夏・

垂涎的狗呼呼吹了半天

這日子
還是太燙

·秋·

笑著笑著
你突然站起
說該走了
便轉身離去

·冬·

陽光
綠葉
鳥叫與歡笑
你要
通通拿去

咆哮的北風裡
我只要一棵
挺直腰幹的樹
同它的沉默

四季2

・春・

只有從冰雪裡來的生命
才能這麼不存戒心
把最鮮艷最脆弱的花蕊
五彩繽紛地
向這世界開放

・夏・

向焦渴的大地
奉獻我們的汗滴

滾圓晶瑩的露珠
源自生命的大海
帶著鹹味

· 秋 ·

妻兒在你頭上
找到一根白髮時
的驚呼
竟帶有拾穗者
壓抑不住的
歡喜

· 冬 ·

越冷的日子
希望的爐火越旺

我們心中
沒有能源危機這回事

飯後一神仙

吞進，吐出
吞進，吐出
眯著眼的神仙
斜躺在沙發上
聽唸小學的兒子
在燈下，琅琅誦讀
鴉片戰爭的歷史

香煙繚繞中
一段即將成正果的煙灰
突然被炙燙的一聲
「割肺賠腸」
震落凡塵

風景

怕窗子不安份

跳槽

到鄰近越蓋越高的

大廈上去

他們用粗粗的鐵條

把誘人的風景

硬生生擋在外面

怪不得天空

一天比一天

消瘦

都市的窗

窗口越高
面孔越小
越蒼白

每次從下面走過
總會頭皮發麻
宿命地等待
一口痰
一個煙蒂
一隻花缽
或一個
把雙臂張得開開
學鳥飛的
人

下雪的日子

伸個懶腰
抖一抖

小咪
你要死了
把地毯
搞得
到處是
毛

大雪1

一夜之間
把個大地
刷得
比粉牆
還白

讓一切重新開始
讓第一張貼出的大字報
只是簡簡單單
一筆一劃都不苟且潦草的
斗大的一個字——
人

一九七八年聖誕

在百貨公司
排隊
等著爬到
聖誕老人的
膝上去

像所有天真的小孩
我將扯這胖售貨員的
假鬍子
把嘴附在他的耳上
然後大叫

你們把上帝
賣到哪裡去了？

卡特的眼

說你的眼睛
蔚藍如大海
我可看不出來

在山雨欲來兮的天氣裡
我只看到
你浮沫的眼角
可口可樂的
晦色

廣寒無燈的夜晚

個人一小步；人類一大躍

——尼爾‧阿姆斯壯1969.7.20

一

一小步
卻使嫦娥
倉皇地
再度出奔

人間十年
十年後的今夜
我居然還看到
飄飄的衣帶
正曳過天河
向更遙遠更鄉愁的
一個星球
寂寞地飛昇

二

一腳踩下去
便驚動嫦娥
急急再度出奔

一腳踩下去
卻激起如許塵沙
把人類的夢
撒向更遙遠
更神秘的
星球

懷舊

西出陽關無故人
更何況繞了大半個地球

今夜的天空
擠滿了
大大小小的人造衛星
卻沒有一個
載得起
我要給你的信息

新西遊記

二十世紀的妖魔們

知道

千山萬水

千磨萬難

到底阻不了

一個個

到西方取經的

決心

托福難關一過

便有舊戚新朋

組成浩浩蕩蕩的計程車隊

簇擁出國門

便有七四七巨無霸

馱著他

騰雲駕霧

一路西去

更無需孫悟空

窮翻筋斗

去化討一缽

冷飯殘羹

自有笑迷迷的空中小姐

（可不是什麼害人的妖精）

端上一盤

熱騰騰的

中餐西點

美酒香茶

享用完畢

戴上耳機

便有搖歌滾樂

為他催眠

待一覺醒來

便已安安穩穩到達

霓雲虹氣的

西方聖地

但道高一尺

魔高一丈

精靈的二十世紀妖魔們

知道

成功未必不是

失敗之母

知道

只要把盤絲洞

搬到雷音寺下

讓鄉愁

有個歸宿

再用熊熊的火焰山

堵住每一條

通往長安的

大路

便不怕

取了經的唐僧

不一個個乖乖流落
唐人街頭

即使
佛祖慈悲
把九九八十一難
打個七折
再來個八扣

路2

風塵僕僕的
路
央求著
歇一歇吧

但年輕的一群
氣都不讓它喘一口
便嘻嘻哈哈
拖著它
直奔下山去

圓環

條條大路通
一個越上越緊的
大發條

猛地
前面的車子停了下來
「媽的，又出車禍啦？」
司機猛按喇叭咒罵
而後座熱墊上的老教授
看著錶面越走越快的
秒針嘀咕
「我的羅馬史又要遲到了！」

芝加哥1

在原始森林
就在畢卡索的
怪獸下
假寐

混沌裡
一聲拖得長長的
TIM——BER——
把我驚醒

抬頭
卻見參天的
大廈
在漏下的夕陽裡
似乎又傾斜了幾度

畫展

在默默相對的眼睛裡
一條越走越深的
畫廊

瀏覽
一幅幅
超慾念的
靈魂畫像

公路傍的墓園

擺滿碑石的
棋盤

時間老人
才微微
抬一抬手
過往的眼睛們
便紛紛隨著暮色
無限凝重起來

樹3

日日夜夜
我聽到
心中的
年輪
在通往
蠻荒天空
崎嶇的
路上
轆轆轉動

神木

笑聲

追蹤洪荒的

一個閃電

穿過沉睡的黑森林

來到你的腳下

手拉著手

一群年青人

繞著你

想量你的腰圍

卻身不由己

越轉越快

狂跳起

祭神之舞

靜物5

喜歡擠窄門

喜歡郊遊

喜歡一見到潺潺流水

便高高撩起裙子

把白淨的足脛

伸進去探討

冷冽的定義

好在臉上

依男孩子的瀟灑程度

作最佳的溫度調節

這群愛大呼小叫的

大學女生們

才上了方東美老教授

一堂哲學課

便一個個緊閉起嘴

挨擠在一隻

瘦頸花瓶裡

芳容失色

花・瓶

風在叫些什麼
鳥在叫些什麼
樹什麼顏色
雲什麼顏色
天空什麼顏色

這些來自廣大
原野的花
只顧勾著頭
爭看窗外
卻沒想到
把花瓶的脖子
扯得又細
又長

中秋夜1

冰箱裡

冰了

整整十三個

鐘頭的

故鄉月

餅（唐人街

買來的）

嘗起來

就是

不對

勁

樹・四季

・春・

把時間的皺紋
深深藏在心底

好久不見
你還是一樣年青

・夏・

高瞻遠矚的季節

一隻羽毛豐滿的鳥
在枝頭
凜凜顧盼

該綠的都綠了

· 秋 ·

這般嘹亮
是不甘寂寞
的蟲聲
抑是
熱鬧過後
空洞的耳鳴

· 冬 ·

捉襟
卻捉下來
最後一片落葉

呼嘯的北風裡
老人
苦笑著將手一揚
去，去，都去
去遠走高飛

颱風季

　　每年這時候
　　我體內的女人
　　總會無緣無故
　　大吵大鬧幾場

　　而每次過後
　　我總聽到她
　　用極其溫存的舌頭
　　咧咧
　　舔我滴血的
　　心

今夜兇險的海面

今夜兇險的海面
必有破爛的難民船
鬼魂般出現
在欲睡未睡的
眼皮上顛簸
向越來越窄小的
人類良知的港口
向一盞接一盞
熄滅了燈火
的腦門
死命划去

趕雀記

他們用鑼用鼓用鍋用鏟
用手用腳用嘴巴呼喝叫囂鼓噪
跑著跳著追著趕著
從這樹到那樹
從這村到那村
從這天到那天
不讓絲毫喘息
飛飛飛飛
到精疲力竭氣絕墜地

當勝利者高高舉起
小小獵物微溫的身體
竟瞥見
逐漸閉起的白眼內
突然抽搐起來的
自己

鼓聲

毛茸茸的
拳頭
一下下
扎實地
落在
一個
欲辯無力
文明的
胸膛上

獵小海豹圖

牠不知木棍舉上去是幹什麼的
牠不知木棍落下來是幹什麼的
同頭一次見到
那紅紅的太陽
冉冉升起又冉冉沉下
海鷗飛起又悠悠降下
波浪湧起又匆匆退下
一樣自然一樣新鮮
一樣使牠快活

純白的頭仰起
純白的頭垂下
在冰雪的海灘上
純白成了
原罪
短促的生命
還來不及變色

來不及學會

一首好聽的兒歌

只要我長大

只要我長大……

附注：每年冬天在紐芬蘭島浮冰上出生的小海豹群，長到兩三個禮拜大
　　　小的時候，渾身皮毛純白，引來了大批的獵人，在冰凍的海灘上
　　　大肆捕殺。每天每條拖網船的平均獵獲量高達一千五百頭。這種
　　　大屠殺通常持續五天左右，直到小海豹的毛色變成褐黃，失去商
　　　用價值為止。
　　　每年年初，美加各地報章都會為此事喧嚷一陣。其中使我久久不
　　　能忘懷的，是刊在《芝加哥論壇報》上的兩張照片。一張是一隻
　　　小海豹無知而好奇地抬頭看一個獵人高高舉起木棍；另一張是木
　　　棍落地後一了百了的肅殺場面。

渡海

——在芝加哥看台灣「雲門舞集」

渡海而來

一群年青舞者

用薄薄的白綢

掀起

滔天巨浪

教一輩子沒嘗過

風險的人

也暈暈船

飽脹的胃

吐掉積食

迷幻的腦袋

驚醒

習於霓虹的眼睛

眸向

暴風雨前的黑暗

渡海而來

一群翩翩的東方少年

終於忍不住

齊齊張口

讓悶了幾百年的一聲

吶喊

排山倒海

沖向

風平浪靜的

耳殼

禁止張貼

一張張
浮動的臉
在越刮越緊的北風裡
凝鑄成
一個個
沉重的鉛字

任誰
任誰都洗不掉
灰撲撲的民主牆上
這黑白分明的
大字報

新詩創作年表與發表處所

星群	創作時間：1957 發表處所：《公論報》（馬漢，1957.11.1）；《非馬詩選》；《非馬短詩精選》；《非馬的詩》；《20世紀漢語詩選第三卷1950-1976》
港	創作時間：1958.8 發表處所：《新生詩選》（1958.8）；《世界日報》（1984.4.6）；《西寧晚報》（1989.1.17）；《在風城》；《非馬詩選》；《四人集》；《非馬短詩精選》；《非馬的詩》；《20世紀漢語詩選第三卷1950-1976》；《現代詩手帖》（8期，2006.8，東京，池上貞子譯）
你是那風	創作時間：1965 發表處所：《現代文學》（26期）；《在風城》；《現代文學》精選集（2009.12）
我開始憎恨	創作時間：1965 發表處所：《現代文學》（26期）；《一行詩刊》（4期，1988.3）；《在風城》；《現代文學》精選集（2009.12）
我焦急	創作時間：1966.3.8 發表處所：《笠詩刊》（17期）；《一行詩刊》（4期，1988.3）；《在風城》；《烏衣巷網刊・第一期目錄》（總第1期，2007.8）
樹1	創作時間：1966.4.30 發表處所：《現代文學》（30期）；《笠詩刊》（17期）；《在風城》
樹2	創作時間：1966.6.15 發表處所：《笠詩刊》（33期）；《華報》（1995.3.2）；《在風城》
阿哥哥舞	創作時間：1966.6.15 發表處所：《笠詩刊》（33期）；《台灣日報》（1984.6.26）；《華報》（1995.2.23）；《在風城》；《伊甸文摘》（4期，2007.4.5）；《春風詩人》（2010年創刊號）；《篤篤有聲的馬蹄》
子夜彌撒	創作時間：1966.12.9 發表處所：《笠詩刊》（17期）；《民眾日報》（1979.11.3）；《華麗島詩集》（昭和45.11.1）；《華報》（1995.4.13）；《在風城》；《非馬詩選》；《篤篤有聲的馬蹄》；《20世紀漢語詩選第三卷1950-1976》；《非馬的詩》
日光島的故事	創作時間：1967.9.17 發表處所：《笠詩刊》（35期）；《華報》（1995.3.23）；《在風城》；《非馬詩選》；《非馬短詩精選》；《20世紀漢語詩選第三卷1950-1976》

畫像	創作時間：1967.9.17 發表處所：《笠詩刊》（32期）；《華麗島詩集》（昭和45.11.1）；《華報》（1995.4.13）；《在風城》；《非馬的詩》
秋	創作時間：1969.10.16 發表處所：《笠詩刊》（34期）；《華麗島詩集》（昭和45.11.1）；《在風城》
人類自月球歸來	創作時間：1969.11.19 發表處所：《笠詩刊》（35期）；《華報》（1995.3.30）；《在風城》
從窗裡看雪	創作時間：1970.1.7 發表處所：《笠詩刊》（35期）；《八十年代詩選》（1976.6）；《華報》（1995.4.6）；《在風城》；《非馬詩選》；《非馬集》；《非馬的詩》
在風城	創作時間：1970.1.18 發表處所：《笠詩刊》（36期）；《華報》（1991.6.13）；《在風城》；《非馬詩選》
破曉	創作時間：1970.2.12 發表處所：《笠詩刊》（36期）；《一行詩刊》（3期，1987.12）；《在風城》；《中國微型詩網刊》（第11期）；《世界華人詩歌鑒賞大辭典》（書海出版社，1993.3）
演奏會	創作時間：1970.2.23 發表處所：《笠詩刊》（36期）；《台灣日報》（1984.6.26）；《華報》（1995.3.16）；《在風城》；《篤篤有聲的馬蹄》
晨霧1	創作時間：1970.3 發表處所：《笠詩刊》（37期）
煙囱1	創作時間：1970.3.19 發表處所：《笠詩刊》（36期）；《在風城》；《華報》（2001.9.21）；《非馬詩選》；《非馬短詩精選》；《地球村的詩報告》（江天編，1999.3）；《非馬集》；《非馬的詩》
一女人	創作時間：1970.4.16 發表處所：《笠詩刊》（37期）；《世界日報》（1984.3.29）；《美麗島詩集》（1979.6）；《西寧晚報》（1989.1.17）；《鄉愁－台灣與海外華人抒情詩選》（1990.3）；《白馬集》；《非馬集》；《非馬短詩精選》；《地球村的詩報告》（江天編，1999.3）；《森林文學》（第四期，2007.10）
構成	創作時間：1970.10 發表處所：《笠詩刊》（40期）；《汕頭特區報》（1993.10.27）；《華報》（2001.6.15）；《在風城》；《非馬詩選》；《非馬集》；《非馬短詩精選》；《非馬的詩》；《20世紀漢語詩選第三卷1950-1976》

香煙	創作時間：1970.11.8 發表處所：《笠詩刊》（40期）；《西寧晚報》（1990.3.13）；《在風城》；《非馬集》
日子	創作時間：1970.11.8 發表處所：《笠詩刊》（40期）；《台灣日報》（1984.6.26）；《海洋副刊》（1984.8.6）；《在風城》；《篤篤有聲的馬蹄》；《路》；《非馬短詩精選》
廢紙簍	創作時間：1970.11.8 發表處所：《笠詩刊》（40期）；《在風城》；《非馬的詩》
我知藍天	創作時間：1970.11 發表處所：《笠詩刊》（40期）；《台灣時報》（1984.9.26）；《在風城》；《非馬的詩》
冬日	創作時間：1970.11.22 發表處所：《笠詩刊》（52期）；《在風城》；《非馬的詩》；《新詩歌》（2003.10）
流浪者	創作時間：1971.1.1 發表處所：《笠詩刊》（52期）；《世界日報》（1984.6.10）；《華報》（1993.12.2）；《在風城》；《曼谷中華日報》（1993.12.30）；《新亞時報》（1994.5.7-13）；《非馬詩選》；《非馬短詩精選》
森林	創作時間：1971.1.22 發表處所：《笠詩刊》（43期）；《美麗島詩集》（1979.6）；《在風城》
校閱	創作時間：1971.2.18 發表處所：《笠詩刊》（43期）；《台灣與世界》（1984.9）；《美麗島詩集》（1979.6）；《在風城》；《非馬集》；《路》
鳥1	創作時間：1971.2.19 發表處所：《笠詩刊》（43期）；《在風城》；《非馬集－台》
失眠	創作時間：1971.2.20 發表處所：《笠詩刊》（43期）；《鄉愁——台灣與海外華人抒情詩選》（1990.3）；《在風城》；《非馬詩選》；《非馬集》；《非馬的詩》
門	創作時間：1971.2.20 發表處所：《笠詩刊》（43期）；《在風城》；《非馬詩選》；《非馬集》；《非馬短詩精選》
路1	創作時間：1971.2.21 發表處所：《笠詩刊》（43期）；《在風城》；《非馬詩選》；《非馬的詩》
靜物1	創作時間：1971.2 發表處所：《笠詩刊》（43期）；《在風城》

畫	創作時間：1971.2 發表處所：《笠詩刊》（43期）；《在風城》
事件	創作時間：1971.2.28 發表處所：《笠詩刊》（43期）；《非馬詩選》
三月作品	創作時間：1971.2.28 發表處所：《笠詩刊》（43期）；《在風城》
歲月	創作時間：1971.4.13 發表處所：《笠詩刊》（45期）；《在風城》
暴風雨前	創作時間：1971.4.13 發表處所：《笠詩刊》（45期）；《華報》（2001.5.25）；《藍星詩學》（2001端午號）；《在風城》；《非馬的詩》
看五代人畫「秋林群鹿」	創作時間：1971.5.10 發表處所：《笠詩刊》（45期）；《在風城》
幕啓	創作時間：1971.7.1 發表處所：《笠詩刊》（45期）；海洋副刊（1988.6.11）；《在風城》
哈佛廣場	創作時間：1971.7.1 發表處所：《笠詩刊》（45期）；《海洋副刊》（1988.6.11）；《在風城》
長城謠	創作時間：1971.7.1 發表處所：《笠詩刊》（45期）；《在風城》；《華報》（2001.4.6）；《非馬詩選》；《非馬短詩精選》；《新詩歌》（網絡電子詩歌月刊，2003.6）
返鄉	創作時間：1972.3.14 發表處所：《笠詩刊》（49期）；《美麗島詩集》（1979.6）；《潮陽文苑》（1994.8）；《在風城》；《非馬的詩》；《中西詩歌》（2006年第2期）；《無根草》（2008.3.29）；《亞省時報風笛鳳凰專頁》（2008.1.第44期）
電視	創作時間：1972.12.26 發表處所：《笠詩刊》（53期）；《八十年代詩選》（1976.6）；《美麗島詩集》（1979.6）；《現代百家詩選》（1982.9.1；2003.6.5）；《美洲中國時報》（1983.9）；《千島詩刊》（1985.8.8）；《中國新詩名篇鑒賞》（1990）；《鄉愁—台灣與海外華人抒情詩選》（1990.3）；《一九一七—一九九五新詩三百首》（九歌，1995.9.20）；《在風城》；《非馬詩選》；《非馬集》；《非馬短詩精選》；《20世紀漢語詩選第三卷1950-1976》；《非馬的詩》；《非馬短詩選》；《新詩歌》（網絡電子詩歌月刊，2003.6）；《作文加油站》（No.08）；《國文輔助教材》（教育測驗出版社）；《混聲合唱——「笠」詩選》（1992.9）；《海外華文文學讀本・詩歌卷》（熊國華主編，2009）

戰火裡的村落	創作時間：1972.12.27 發表處所：《笠詩刊》（54期）；《台灣時報》（1983.8.30）；《華報》（2001.7.27）；《在風城》；《非馬集》；《非馬集-台》；《篤篤有聲的馬蹄》
照相	創作時間：1973.2.7 發表處所：《笠詩刊》（54期）；《美麗島詩集》（1979.6）；《台灣時報》（1983.6.10）；《華報》（2002.6.21）；《在風城》；《非馬詩選》；《非馬集》；《篤篤有聲的馬蹄》；《非馬短詩精選》
圓桌武士	創作時間：1973.1.27 發表處所：《笠詩刊》（54期）；《在風城》；《篤篤有聲的馬蹄》；《非馬集－台》
春天的消息	創作時間：1973.2.9 發表處所：《笠詩刊》（55期）；《華報》（2002.8.16）；《在風城》；《非馬集》；《非馬集－台》
魚與詩人	創作時間：1973.2.11 發表處所：《笠詩刊》（55期）；《美麗島詩集》（1979.6）；《奇詩怪傳》（香港文學報社，1992.12）；《港台文學選刊》（1993.9）；《中華民國筆會英文季刊》（116期，2001.6.25）；《台灣現代詩選》（1994年，劉登翰編）；《在風城》；《非馬的詩》；《中西詩歌》（2006年第2期）
通貨膨脹	創作時間：1973.2.12 發表處所：《笠詩刊》（54期）；《八十年代詩選》（1976.6）；《台灣詩選》（二，1982）；《華夏詩報》（17期）；《華報》（1994.10.6）；《新語絲》（44期，1997.9）；《黃河詩報》（1997年1-2期）；《台灣詩學季刊》（22期，1998.3）；《台灣現代詩選》（1994年，劉登翰編）；《在風城》；《非馬詩選》；《非馬集》；《篤篤有聲的馬蹄》；《非馬的詩》；《新詩三百首》（牛漢謝冕主編，1999）；《非馬短詩選》；《混聲合唱——「笠」詩選》（1992.9）；《青少年台灣文庫——新詩讀本5》；《詩*心靈，卷一》（文化走廊，2010）
新與舊	創作時間：1973.2.19 發表處所：《笠詩刊》（55期）；《八十年代詩選》（1976.6）；《在風城》；《非馬詩選》；《非馬集》；《篤篤有聲的馬蹄》；《非馬短詩精選》；《非馬的詩》；《中國微型詩萃》（天馬出版有限公司，2006.12）
公園裡的銅像	創作時間：1973.3.12 發表處所：《笠詩刊》（55期）；《鍾山詩刊》（5期，1985.3）；《華報》（1993.12.9）；《新亞時報》（1994.4.16-22）；《曼谷中華日報》（1994.1.11）；《當代詩壇》（19期，1995.12.31）；《在風城》；《非馬集》；《篤篤有聲的馬蹄》；《非馬的詩》；《混聲合唱——「笠」詩選》（1992.9）；《非馬集－台》；《鳳凰木——台灣詩選》（中德文雙語）

鳥籠	創作時間：1973.3.17 發表處所：《笠詩刊》（55期，1973.6.15）：《美麗島詩集》（1979.6）：《當代中國新文學大系》（1980.4）：《中國新詩選》（1980.4）：《華報》（1994.9.8）：《黃河詩報》（1997年1-2期）：《在風城》：《非馬詩選》：《高雄區農情月刊》：《非馬集》：《篤篤有聲的馬蹄》：《非馬集－台》：《非馬短詩精選》：《新語絲》（44期，1997.9）：《汕頭特區報》（2000.11.15）：《東方文化》（56期，2001.11.31）：《世紀新詩選讀》（仇小屏編，2003）：《非馬的詩》：《非馬短詩選》：《混聲合唱──「笠」詩選》（1992.9）：《青少年台灣文庫──文學讀本2》：《小詩星河──現代小詩選（2）》
靜物2	創作時間：1973.3.31 發表處所：《笠詩刊》（56期）：《美麗島詩集》（1979.6）：《八十年代詩選》（1976.6）：《台灣時報》（1983.6.10）：《汕頭特區報》（1993.10.27）：《在風城》：《非馬詩選》：《非馬集》：《非馬的詩》
靜物3	創作時間：1973.4.3 發表處所：《笠詩刊》（56期）：《在風城》：《非馬詩選》：《非馬集》：《非馬短詩精選》：《非馬的詩》：《中國微型詩萃》（天馬出版有限公司，2006.12）：《露天吧4──一刀中文網在線作家專號》
沉思者	創作時間：1973.4.3 發表處所：《笠詩刊》（55期）：《台灣時報》（1983.6.10）：《華報》（1993.11.25）：《曼谷中華日報》（1993.12.30）：《新亞時報》（1994.5.7）：《在風城》：《台灣詩學季刊》（22期，1998.3）
今天上午畢卡索死了	創作時間：1973.4.8. 發表處所：《笠詩刊》（55期）：《華報》（1993.11.4）：《新亞時報》（1993.11.13）：《在風城》：《非馬詩選》：《四人集》：《非馬的詩》：《非馬集－台》：《20世紀漢語詩選第三卷1950-1976》
老婦	創作時間：1973.4.20 發表處所：《笠詩刊》（55期）：《八十年代詩選》（1976.6）：《華報》（2001.5.11）：《中國新詩選》（1980.4）：《鄉愁－台灣與海外華人抒情詩選》（1990.3）：《在風城》：《非馬詩選》：《非馬集》：《篤篤有聲的馬蹄》：《非馬短詩精選》：《非馬的詩》：《非馬集─台》：《露天吧4──一刀中文網在線作家專號》：《詩*心靈，卷一》（文化走廊，2010）
和平之鴿	創作時間：1973.4.23 發表處所：《笠詩刊》（55期）：《白馬集》：《非馬短詩精選》
籠鳥	創作時間：1973.4.24 發表處所：《笠詩刊》（55期）：《台灣時報》（1983.6.10）：《華報》（1994.6.12）：《在風城》：《非馬詩選》：《非馬集》：《非馬短詩精選》：《混聲合唱──「笠」詩選》（1992.9）：《青少年台灣文庫──文學讀本2》：《非馬集－台》

致索忍尼辛	創作時間：1974.4.20 發表處所：《笠詩刊》（61期）；《在風城》；《非馬詩選》；《非馬集－台》
裸奔	創作時間：1974.4.20 發表處所：《笠詩刊》（61期）；《在風城》；《非馬詩選》；《非馬集》；《篤篤有聲的馬蹄》；《非馬集－台》；《非馬短詩精選》；《非馬的詩》
地球儀	創作時間：1974.12.10 發表處所：《笠詩刊》（66期）；《中國現代文學年選》（1976.8）；《綠風》（總97期，1995.1）
黑夜裡的勾當	創作時間：1975.1.8 發表處所：《笠詩刊》（66期）；《中國現代文學年選》（1976.8）；《詩刊》（1990.8）；《台灣現代詩選》（1994年，劉登翰編）；《非馬詩選》；《非馬短詩精選》；《非馬的詩》；《20世紀漢語詩選第三卷1950-1976》；《露天吧4──一刀中文網在線作家專號》
晨霧2	創作時間：1975.1.10 發表處所：《幼獅文藝》（268期）；《非馬詩選》；《非馬短詩精選》
黃河1	創作時間：1975.1.12 發表處所：《笠詩刊》（70期）；《海洋副刊》（1982.10）；《八十年代詩選》（1976.6）；《台灣現代詩集》（1979.2.28）；《現代百家詩選》（1982.9.1；2003.6.5）；《一行詩刊》（10期，1990.5）；《世界華文詩刊》（2期，1991.5）；《一行五周年紀念集》（1992.5）；《華報》（1993.5.13）；《非馬詩選》；《非馬短詩精選》；《非馬的詩》；《新詩三百首》（河北人民出版社，1996）；《詩*心靈，卷一》（文化走廊，2010）；《中西詩歌》（2006年第2期）
夜笛	創作時間：1975.1.14 發表處所：《笠詩刊》（66期）；《八十年代詩選》（1976.6）；《現代百家詩選》（1982.9.1；2003.6.5）；《汕頭特區報》（1993.10.27）；《華報》（1997.2.7）；《台灣現代詩選》（1994年，劉登翰編）；《非馬詩選》；《非馬集》；《篤篤有聲的馬蹄》；《非馬短詩精選》；《非馬集－台》；《過目難忘詩歌》；《中西詩歌》（2006年第2期）；《青少年台灣文庫─新詩讀本5》；《白紙黑字》（中國戲劇出版社，2007.4）；《詩*心靈，卷一》（文化走廊，2010）；《露天吧4──一刀中文網在線作家專號》
人與神	創作時間：1975.1.16 發表處所：《笠詩刊》（66期）；《汕頭特區報》；《非馬詩選》；《非馬短詩精選》；《非馬的詩》；《非馬集－台》；《20世紀漢語詩選第三卷1950-1976》

要是打開收音機	創作時間：1975.1.24 發表處所：《幼獅文藝》（261期）；《中國現代文學年選》（1976.8）；《白馬集》
有一次 我要一隻鳥唱歌	創作時間：1975.2.1 發表處所：《幼獅文藝》（261期）；《八十年代詩選》（1976.6）；《中國現代文學年選》（1976.8）；《台灣詩選》（二，1982）；《非馬詩選》；《非馬短詩精選》；《詩天空當代華語詩選》（雙語版，2005-2006）
今天的陽光很好	創作時間：1975.2.2 發表處所：《笠詩刊》（67期）；《台灣日報》（1984.5.3）；《世界日報》（1984.9.11）；《白馬集》；《非馬集》；《篤篤有聲的馬蹄》；《四人集》；《非馬短詩精選》；《非馬集－台》；《混聲合唱──「笠」詩選》（1992.9）；《海外華文文學讀本‧詩歌卷》（熊國華主編，2009）
顛倒四曲1	創作時間：1975.1.16 發表處所：《笠詩刊》（67期）；《非馬詩選》；《非馬短詩精選》；《非馬集－台》；《澳洲彩虹鸚》（9期，2007.1）
生命的指紋	創作時間：1975.11.2 發表處所：《笠詩刊》（70期）；《海洋副刊》（1982）；《潮陽文苑》（1994.8）；《非馬詩選》；《篤篤有聲的馬蹄》；《非馬短詩精選》；《非馬集－台》；《20世紀漢語詩選第三卷1950-1976》；《露天吧4──一刀中文網在線作家專號》
照片	創作時間：1975.11.3 發表處所：《笠詩刊》（70期）；《非馬詩選》；《非馬短詩精選》
悼	創作時間：1975.11.11 發表處所：《美洲中國時報》（1984.11.2）；《中外文學》（1984.11）；《一行詩刊》（1987.5）；《路》；《非馬的詩》；《非馬集－台》
靜物4	創作時間：1976.3.29 發表處所：《幼獅文藝》（276期）；《當代中國新文學大系》（1980.4）；《一行詩刊》（1987.5）；《非馬詩選》
傘	創作時間：1976.4.14 發表處所：《笠詩刊》（73期）；《海洋副刊》（1982）；《詩與評論》（1期）；《台灣現代詩集》（1979.2.28）；《華報》（1991.5.16）；《海南日報》（1992.3.3）；《國際詩壇》（總11期，1998.9.28）；《非馬詩選》；《非馬集》；《篤篤有聲的馬蹄》；《非馬短詩精選》；《非馬的詩》；《20世紀漢語詩選第三卷1950-1976》；《鳳凰木──台灣詩選》（中德文雙語）；《非馬短詩選》
台北雨季	創作時間：1976.5.16 發表處所：《笠詩刊》（75期）；《當代中國新文學大系》（1980.4）；《海南日報》（1992.7.30）；《赤道風》（21期，1992.8）；《非馬詩選》；《非馬短詩精選》；《非馬的詩》

天上人間	創作時間：1976.5.18 發表處所：《笠詩刊》（75期）；《台灣時報》（1983.6.9）；《非馬詩選》；《非馬短詩精選》；《混聲合唱——「笠」詩選》（1992.9）
劫後	創作時間：1976.5.31 發表處所：《笠詩刊》（75期）；《台灣日報》（1984.5.8）；《白馬集》；《篤篤有聲的馬蹄》
失眠	創作時間：1976.7.27 發表處所：《笠詩刊》（76期）；《台灣日報》（1984.5.8）；《非馬詩選》；《篤篤有聲的馬蹄》
唐山地震	創作時間：1976.8.23 發表處所：《笠詩刊》（76期）；《非馬詩選》
冬夜	創作時間：1977.2.6 發表處所：《中華文藝》（83期）；《海洋副刊》（1983.4.15）；《白馬集》；《非馬的詩》
創世紀	創作時間：1977.2.7 發表處所：《中華文藝》（83期）；《海洋副刊》（1983.4.25）；《綠風》（總97期，1995.1）；《非馬詩選》；《非馬集》
龍子吟	創作時間：1977.3.30 發表處所：《笠詩刊》（79期）；《華報》（1994.6.16）；《白馬集》；《非馬的詩》
顛倒四曲2	創作時間：1977.4.24 發表處所：《笠詩刊》（79期）；《海洋副刊》（1983.4.25）；《當代中國新文學大系》（1980.4）；《人民日報》（1986.7.11）；《華報》（2001.8.10）；《非馬詩選》；《非馬集》；《篤篤有聲的馬蹄》；《非馬短詩精選》
都市即景1	創作時間：1977.4.26 發表處所：《笠詩刊》（80期）；《華報》（1994.6.23）；《非馬詩選》
都市即景2	創作時間：1977.6.5 發表處所：《笠詩刊》（80期）；《白馬集》；《非馬短詩精選》
醉漢	創作時間：1977.6.5 發表處所：《台灣文藝》（56期）；《海洋副刊》（1982）；《詩與評論》（1期）；《台港文學選刊》；《台灣現代詩集》（1979.2.28）；《中國當代新詩大展》（1981.6）；《千曲之島——台灣現代詩選》；華夏詩報（17期）；《詩歌報》（1989.8.6）；《朦朧詩300首》（1989）；《西寧晚報》（1990.3.13）；《台港朦朧詩賞析》（古遠清著，花城出版社，廣州，1989）《台灣現代詩歌賞析》（耿建華等選編，明天出版社，濟南，1989）；《華報》（1993.4.15）；《非馬詩選》；《非馬集》；《非馬短詩選》；《鄉愁——台灣與海外華人抒情詩選》（柳易冰主編，1990.3）；《台灣現代詩選》（1994年，劉登翰編）；《中玻文藝》（總9期，1996.2）；《非馬集－台》；《非馬短詩精選》；《非馬的詩》；《華文文學》（總31期，1997年2期，李花白作

醉漢	品——非馬詩意畫）：《20世紀漢語詩選第四卷1977-1999》（姜耕玉選編，1999.12）；《海外華人作家詩選》（王渝編，香港三聯書店，1983：花城出版社，1986）：《台灣詩人篇》（李潤守主編，《竹筍詩刊》第二十輯，韓國，1986）：《詩刊》（2002.3.上半月刊）；《詩選刊》（2002.5）：《世紀在漂泊》（漢藝色研，2002；雲南人民出版社，2003）：《世界華人詩存》（中國文聯出版社，2003）：《新詩三百首》（河北人民出版社，1996）：《小詩三百首》（羅青編，2008）：《現代詩經》（伊沙編選）：《漢語詩歌世紀經典》（伊沙編）：《感動——中國的名詩選萃》（艾砂／衛漢青主編，人民日報出版社，2006.4）：《世界華人詩歌鑒賞大辭典》（書海出版社，太原，1993.年3月）：《青春讀書課》：《混聲合唱——「笠」詩選》（1992.9）：《現代新詩讀本》（孟樊，須文蔚，林於弘主編，揚智文化）：《海外華文文學讀本·詩歌卷》（熊國華主編，2009）：《露天吧4——一刀中文網在線作家專號》
遊紐約大都會美術館	創作時間：1977.6.14 發表處所：《創世紀》（46期）；《當代中國新文學大系》（1980.4）：《華報》（1994.5.12）：《非馬詩選》；《非馬的詩》
夜的世界	創作時間：1977.9.13 發表處所：《笠詩刊》（82期）；《布穀鳥》（15期）；《新大陸詩刊》（17期，1993.8）：《白馬集》：《非馬的詩》；《自由日報》（馬來西亞，2003.10.17）
晨霧3	創作時間：1977.9.22 發表處所：《笠詩刊》（83期）；《當代詩壇》（8-9期，1990.5.30）；《華報》（1991.5.16）：《深圳特區報》（1994.11.13）：《非馬詩選》：《非馬的詩》
微笑1	創作時間：1977.10.6 發表處所：《笠詩刊》（82期）；《白馬集》；《非馬短詩精選》
微雨初晴	創作時間：1977.11.13 發表處所：《笠詩刊》（83期）；《新大陸詩刊》（16期1993.6）：《非馬詩選》：《非馬短詩精選》；《非馬的詩》
一四六九號房	創作時間：1977.11.29 發表處所：《笠詩刊》（83期）；《白馬集》；《非馬的詩》；《風笛》（99期，2007.8.24）
喜怒哀樂	創作時間：1977.12.23 發表處所：《創世紀》（47期）；《布穀鳥》（15期）；《非馬詩選》：《非馬的詩》；《澳洲彩虹鸚》（9期，2007.1）
雨季	創作時間：1978.1.22 發表處所：《創世紀》（51期）；《聯合副刊》（1980.6.3）；《海洋副刊》（1982.10.28）：《詩與評論》（1期）：《現代人報》（209期，1990.4.24）：《非馬詩選》：《非馬集》：《篤篤有聲的馬蹄》：《非馬短詩精選》：《非馬的詩》

反候鳥	創作時間：1978.1.22 發表處所：《笠詩刊》（86期）；《非馬詩選》；《非馬集－台》；《非馬短詩精選》；《鳳凰木—台灣詩選》（中德文雙語）；《青少年台灣文庫——文學讀本2》；《混聲合唱——「笠」詩選》（1992.9）
在火車上想你	創作時間：1978.2.8 發表處所：《笠詩刊》（84期）；《華夏詩報》（總43期，1990）；《非馬詩選》；《非馬的詩》；《非馬集－台》
俄馬哈	創作時間：1978.2.10 發表處所：《台灣文藝》（60期）；《世界日報》（1984.1.24）；《白馬集》
戀	創作時間：1978.2.21 發表處所：《台灣文藝》（60期）；《世界日報》（1984.1.11）；《華夏詩報》（總43期，1990）；《非馬詩選》；《非馬短詩精選》；《非馬的詩》；《非馬集－台》；《曼谷中華日報》（2006.11.20）
馬年	創作時間：1978.2.23 發表處所：《創世紀》（51期）；《詩與評論》（1期）；《華文文學》（16期，1991.1）；《非馬詩選》；《非馬短詩精選》；《非馬的詩》；《非馬短詩選》
雪仗	創作時間：1978.2.23 發表處所：《華文文學》（16期，1991.1）；《白馬集》；《非馬短詩精選》；《非馬的詩》
這隻小鳥	創作時間：1978.4.2 發表處所：《笠詩刊》（76期）；布穀鳥（15期）；《華報》（1997.2.7）；《台灣詩學季刊》（22期，1998.3）；《非馬詩選》；《非馬短詩精選》；《非馬的詩》
風向針	創作時間：1978.5.13 發表處所：《笠詩刊》（87期）；《明報月刊》（154期）；《華報》（2001.10.12）；《非馬詩選》；《非馬短詩精選》；《非馬集－台》
太極拳	創作時間：1978.5.13 發表處所：《笠詩刊》（87期）；《明報月刊》（154期）；《華報》（2001.11.30）；《非馬詩選》；《非馬短詩精選》；《非馬集－台》
春1	創作時間：1978.9.23 發表處所：《笠詩刊》（93期）；《美洲中國時報》；《華報》（2003.11.7）；《非馬詩選》；《非馬短詩精選》；《非馬的詩》；《伊甸文摘》（4期，2007.4.5）；《露天吧4——一刀中文網在線作家專號》；《四人集》
四季1	創作時間：1978.9.23 發表處所：《創世紀》（49期）；《海洋副刊》（1983.2.9）；《創世紀詩選》（1984.9.20）；《中華現代文學大系》（1989.5）；《華報》（1994.4.14）；《深圳特區報》（1994.7.10）；《台灣現代詩選》（1994年，劉登翰編）；《青少年台灣文庫－新詩讀本5》；《非馬詩選》；《非馬集－台》；《露天吧4——一刀中文網在線作家專號》

四季2	創作時間：1978.9.23 發表處所：《笠詩刊》（88期）；《當代中國新文學大系》（1980.4）；《華夏詩報》（17期）；《中國當代新詩大展》（1981.6）；《華報》（1994.6.30）；《黃河詩報》（1997年1-2期）；《非馬詩選》；《非馬短詩精選》；《非馬的詩》《非馬集－台》；《混聲合唱－「笠」詩選》（1992.9）
飯後一神仙	創作時間：1978.10.16 發表處所：《台灣時報》；《海洋副刊》（1983）；《華報》（2001.11.9）；《非馬詩選》；《非馬的詩》
風景	創作時間：1978.12.6 發表處所：《笠詩刊》（89期）；海洋副刊（1983.3.23）；《華報》（2002.2.15）；《非馬詩選》；《非馬短詩精選》
都市的窗	創作時間：1978.12.6 發表處所：《笠詩刊》（91期）；《美洲中國時報》（1983.6）；《華報》（1996.1.25）；《非馬詩選》
下雪的日子	創作時間：1978.12.7 發表處所：《笠詩刊》（90期）；《布穀鳥》（15期）；《一行詩刊》（12期，1990.12）；《當代詩壇》（14期，1993.3.20）；《華報》（1997.1.31）；《台灣詩學季刊》（22期，1998.3）；《星星》（1998.10）；《非馬詩選》；《非馬的詩》
大雪1	創作時間：1978.12.8 發表處所：《華報》（2002.1.18）；《非馬詩選》
一九七八年聖誕	創作時間：1978.12.25 發表處所：《笠詩刊》（90期）；《海洋副刊》（1983）；《華報》（1996.1.4）；《非馬詩選》；《非馬短詩精選》
卡特的眼	創作時間：1979.1.9 發表處所：《聯合副刊》（1979.1.27）；《非馬詩選》；《非馬短詩精選》
廣寒無燈的夜晚	創作時間：1979.1.19 發表處所：《創世紀》（50期）；《幼獅文藝》（313期）；《華報》（2001.10.5）；《亞洲現代詩集》（第2集，1982）；《非馬詩選》；《非馬短詩精選》；《非馬的詩》
懷舊	創作時間：1979.1.19 發表處所：《創世紀》（50期）；《海洋副刊》（1983）；《人民日報》（1986.7.11）；《非馬詩選》；《非馬短詩精選》
新西遊記	創作時間：1979.2.8 發表處所：《笠詩刊》（92期）；《自立副刊》（1983.7.27）；《白馬集》；《非馬短詩精選》；《咖啡豆雜誌》（第四期，2010.10）
路2	創作時間：1979.2.15 發表處所：《笠詩刊》（93期）；《美洲中國時報》（1983.6）；《華報》（1997.1.31）；《黃河詩報》（1997年1-2期）；《台灣詩學季刊》（22期，1998.3）；《星星》（1998.10）；《非馬詩選》；《非馬短詩精選》；《非馬的詩》

圓環	創作時間：1979.3.8 發表處所：《笠詩刊》（91期）；《美洲中國時報》（1983.7）；《非馬詩選》
芝加哥1	創作時間：1979.3.24 發表處所：《笠詩刊》（93期）；《美洲中國時報》（1983.7）；《華報》（1991.6.13）；《當代詩壇》（19期，1995.12.31）；《非馬詩選》；《非馬短詩精選》；《中西詩歌》（2006年第2期）
畫展	創作時間：1979.3.25 發表處所：《笠詩刊》（91期）；《台灣時報》（1983.3.11）；《華報》（2004.3.5）；《亞美時報》（1990.9.1）；《白馬集》；《非馬短詩精選》；《非馬的詩》
公路傍的墓園	創作時間：1979.4.29 發表處所：《笠詩刊》（91期）；《美洲中國時報》（1983.6）；《詩神》（111期，1994.10）；《非馬詩選》；《非馬的詩》；《華報》（2004.2.20）
樹3	創作時間：1979.4.29 發表處所：《笠詩刊》（91期）；《人民日報》（1986.7.11）；《中國當代新詩大展》（1981.6）；《華報》（1997.1.31）；《黃河詩報》（1997年1-2期）；《台灣詩學季刊》（22期，1998.3）；《星星》（1998.10）；《非馬詩選》；《非馬集》；《篤篤有聲的馬蹄》；《非馬短詩精選》；《非馬自選集》；《非馬的詩》；《新詩歌》（網絡電子詩歌月刊，2003.6）；《露天吧4——一刀中文網在線作家專號》
神木	創作時間：1979.5.22 發表處所：《民眾日報》（1979.7.14）；《美洲中國時報》（1983.6）；《非馬詩選》；《非馬短詩精選》
靜物5	創作時間：1979.7.29 發表處所：《中外文學》（8卷5期）；《亞美時報》（1990.12.29）；《非馬詩選》；《非馬的詩》
花☆瓶	創作時間：1979.10.4 發表處所：《笠詩刊》（94期）；《非馬詩選》；《非馬短詩精選》；《非馬自選集》；《中西詩歌》（2006年第2期）
中秋夜1	創作時間：1979.10.5 發表處所：《笠詩刊》（94期）；《世界日報》（1990.9.30）；《潮陽文苑》（1994.8）；《華報》（1997.1.31）；《非馬詩選》；《非馬短詩精選》；《非馬自選集》；《非馬的詩》；《新詩歌》（網絡電子詩歌月刊，2003.9）
樹☆四季	創作時間：1979.10.10 發表處所：《聯合副刊》（1979.12.7）；《曼谷中華日報》（2000.9.18）；《中國當代新詩大展》（1981.6）；《非馬詩選》；《台灣現代詩四十家》（1989.5）；《亞洲現代詩集》（第6期，1993）；《白馬集》；

樹☆四季	《篤篤有聲的馬蹄》；《非馬短詩精選》；《非馬自選集》；《非馬的詩》；《混聲合唱－「笠」詩選》（1992.9）；南一書局輔助教材《閱讀進行曲》
颱風季	創作時間：1979.10.17 發表處所：《笠詩刊》（99期）；《美洲中國時報》（1982.9.29）；《亞洲現代詩集》（第2集，1982）；《中國當代新詩大展》（1981.6）；《詩歌報》（1989.8.6）；《非馬詩選》；一行詩刊（12期，1990.12）；《華報》（1995.9.21）；《黃河詩報》（1997年1-2期）；《台灣詩學季刊》（22期，1998.3）；《國際漢語詩壇》（總11期，1998.9.28）；《小詩三百首》（羅青編，2008）；《非馬集》；《篤篤有聲的馬蹄》；《非馬自選集》；《非馬的詩》；《非馬短詩選》；《露天吧4──一刀中文網在線作家專號》
今夜兇險的海面	創作時間：1979.10.18 發表處所：《民眾日報》（1979.12.22）；《海洋副刊》（1982.10.28）；《亞洲現代詩集》（第2集，1982）；《中國當代新詩大展》（1981.6）；《一行詩刊》（10期，1990.5）；《世界華文詩刊》（2期，1991.5）；《一行五周年紀念集》（1992.5）；《非馬詩選》；《非馬集》；《篤篤有聲的馬蹄》；《非馬自選集》；《風笛》（36期，2005.1.14）；《亞省時報》（2005.3.11）；《中西詩歌》（2006年第2期）；《露天吧4──一刀中文網在線作家專號》
趕雀記	創作時間：1979.10.19 發表處所：《笠詩刊》；《台灣時報》；《詩神》（111期，1994.10）；《非馬詩選》；《非馬的詩》；《地球村的詩報告》（江天編，1999.3）；《混聲合唱－「笠」詩選》（1992.9）
鼓聲	創作時間：1979.10.24 發表處所：《民眾日報》（1980.1.13）；《亞美時報》（1990.12.1）；《非馬詩選》；《非馬短詩精選》
獵小海豹圖	創作時間：1979.11.8 發表處所：《笠詩刊》（99期）；《美洲中國時報》（1984.8.18）；《四國六人詩選》（1992.12）；《白馬集》；《篤篤有聲的馬蹄》；《四人集》；《非馬自選集》；《非馬的詩》；《混聲合唱－「笠」詩選》（1992.9）；《地球村的詩報告》（江天編，1999.3）；《露天吧4──一刀中文網在線作家專號》
渡海	創作時間：1979.12.18 發表處所：《聯合副刊》（1980.1.12）；《非馬詩選》；《白馬集》；《非馬自選集》
禁止張貼	創作時間：1979.12.20 發表處所：《笠詩刊》（96期）；《非馬詩選》

非馬中文詩集

《在風城》（中英對照），笠詩刊社，臺北，1975。

《非馬詩選》，臺灣商務印書館「人人文庫」，臺北，1983。

《白馬集》，時報出版公司，臺北，1984。

《非馬集》，三聯書店「海外文叢」，香港，1984。

《四人集》（合集），中國友誼出版公司，北京，1985。

《篤篤有聲的馬蹄》，笠詩刊社「臺灣詩人選集」，臺北，1986。

《路》，爾雅出版社，臺北，1986。

《非馬短詩精選》，海峽文藝出版社，福州，1990。

《飛吧！精靈》，晨星出版社，臺中，1992。

《四國六人詩選》（合集），華文出版公司，中國，1992。

《非馬自選集》，貴州人民出版社「中國當代詩叢」，1993。

《宇宙中的綠洲──12人自選詩集》，國際文化出版公司，北京，1996。

《微雕世界》，臺中市立文化中心，臺中，1998。

《沒有非結不可的果》，書林出版公司，臺北，2000。

《非馬的詩》，花城出版社，廣州，2000。

《非馬短詩選》（中英對照），銀河出版社，香港，2003。

《非馬集》國立臺灣文學館，臺南，2009（《非馬集──台》）。

論非馬的詩

李魁賢

　　非馬早期詩作發表於藍星、現代詩、現代文學等，赴美後，學有所成，重新執筆為詩，即以笠為中心發表作品，間或旁及幼獅文藝、創世紀、台灣文藝、聯合報、布穀鳥、台灣時報、自立晚報等，作品甚豐，出版有中英對照詩集《在風城》（1975年），《非馬詩選》（1983年），《白馬集》（1984年），《非馬集》（1984年）和《篤篤有聲的馬蹄》（1986年）。他的翻譯更勤勉而豐富，除出版有英譯白萩詩集《香頌》（1972年）、《笠詩選》（1973年），和中譯《裴外的詩》（1978年）外，其翻譯世界各國詩作大部分發表在笠詩刊，據統計超過七百首，數量極為驚人，介紹遍及英、美、法、意、波蘭、俄、澳、猶太、希臘、拉丁美洲等國詩人作品，非馬做了這麼多文學交流工作實績，卻找不到出版機構替他出書，常令他感嘆萬分。

　　非馬作品曾被選入中華民國出版的《美麗島詩集》《中國新詩選》《當代中國新文學大系・詩集》《現代百家詩選》《中國當代新詩大展》《中國現代文學年選・詩卷》《80年代詩選》《聯副30年文學大系・詩卷》《1982年台灣詩選》《71年詩選》，日本出版的《華麗島詩集》《台灣現代詩集》，美國出版

的《Yearbook of Modern Poetry》《Melody of the Muse》，印度出版的Ocarina版《世界詩選》等。獲1981年吳濁流新詩獎，1982年笠詩社翻譯獎。

非馬寫詩的中心思想，可以說是植根於中國傳統儒家的「仁」為基本而出發的，他自述的「詩觀」說明很簡要清楚：

> 對人類有廣泛的同情心與愛心，是我理想中好詩的要件。同時，它不應該只是寫給一兩個人看的應酬詩，那種詩寫得再工整，在我看來也只是一種文字遊戲與浪費。

> 詩人應該誠實地表達他內心所想的東西。一個人應該先學會做人，再來學做詩。從這個觀點看，我覺得一個人如果內心不美而寫出一些唯美的東西來裝飾，是一種可厭的做假。

> 對一首詩，我們首先要問，它的歷史地位如何？它替人類的文化傳統增添了什麼？其次，它想表達的是健康積極的感情呢？還是個人情緒的宣洩？對象是大多數人呢？還是少數的幾個「貴族」？最後我們才來檢討它是否誠實地表達了想表達的？有沒有更好的方式？更有效的語言？[1]

足見非馬所著重的是秉持仁民愛物的「同情心與愛心」的根源與懷抱，來從事詩的創作。他強調「先學會做人，再來學做詩」，正是堅持詩人立場的最好註解。以人品的修養，才能建立詩品的層次，是他基本的觀點。因此，做為詩人，應負有文化傳承與教

---

[1]　見《美麗島詩集》226頁，笠詩社，1979年6月。

化社會的使命感，做為詩的作品，應具有適當準確的傳達性。而在此二項並進的作為上，先根植詩人厚實的立場，再講求詩藝的創作，正是非馬整個觀念論的基礎。

至於非馬的表現論，可以從他1977年在芝加哥中國文藝座談會上演講〈略談現代詩〉[2]，表現得最清楚，他認為一首成功的現代詩應具有四個特徵：

第一個特徵是「社會性」：非馬認為一個詩人「必須到太陽底下去同大家一起流血流汗，他必須成為社會有用的一員，然後才可能寫出有血有肉的作品，才有可能對所生活的社會及時代作忠實批判和記錄。」因此，詩人本身就必須是一個生產者，同樣是勞動人口。

第二個特徵是「新」：非馬排斥標奇立異，他所意指的「新」，是要從「平凡的日常事物裡找出不平凡的意義，從明明不可能的情況裡推出可能」，換句話說，是要喚起事物被蒙蔽的意義，令讀者發現其本質，而產生「驚訝」。

第三個特徵是「象徵性」：他說：「一首不含象徵或沒有意象的詩是很難存在的。一個帶有多重意義的意象不但可以擴展想像的領域，而且使一首詩成為一個有機的組織。」意象可以喚起讀者知覺上的經驗，達成必需的共感。而象徵是「意象」與「意義」間建立的關聯性，詩人如能善於經營意象，來產生象徵性效果，就會使詩成為飽和成熟的果實。

第四個特徵是「濃縮」：善用意象本來就是濃縮的手段，但非馬所要求濃縮的意義不但是要精簡字句和意象而已，甚至於也要求「避免用堆砌的形容詞及拖泥帶水的連接詞。過量地使用連

---

[2] 《笠》80期，1977年8月。

接詞或形容詞，必然使一首詩變得鬆軟疲弱，毫無張力。」這裡實際上已牽涉到詩學上方法論的問題了。

　　我們考察非馬的全部作品，幾乎都是遵循著這四個特徵在努力，因此他的詩兼具了語言精煉、意義透明、象徵飽滿、張力強韌的諸項優點，具有非常典型性的意象主義詩的特色和魅力，和意象派六大信條中強調的：語言精確、創造新節奏、選擇新題材、塑造意象、明朗、凝煉，有相當符合。在我國詩壇上，非馬是正牌的意象主義者，旗幟非常鮮明，而且他的創作立場和態度也一直循此方向在發展，很少有曖昧或模稜兩可。

　　筆者曾在〈風城的巡禮〉[3]一文中評非馬詩集《在風城》，並舉〈電視〉、〈致索忍尼辛〉、〈籠鳥〉、〈鳥籠〉、〈裸奔〉五首詩加以賞析。其實，非馬好詩很多，為免重複，今另舉《非馬詩選》以後的作品五首為例，以見其詩藝與風格之一斑。

〈黑夜裡的勾當〉

仰天長嘯
曠野裡的
一匹
狼
低頭時
嗅到了
籬笆裡
一枚

3　《笠》70期，1975年12月。

含毒的
肉餅

便夾起尾巴
變成
一條
狗

　　本詩前後以「狼」「狗」對比，來劃分出狀態的改變。狼和
狗本來同屬食肉目哺乳動物，同列於犬科，實際上狗的祖先就是
野狼，後來逐漸馴服，而狼則還保持相當強烈的野性。

　　在詩意上，狼象徵保持原有個性和獨立格調的存在，是極
為明顯的。以「曠野」空曠無際罕有人跡的背境，來襯托「一匹
狼」的惟我獨尊。而「仰天長嘯」之借用岳飛滿江紅詞，愈顯其
壯志遼闊、豪情萬丈的氣慨。實際上，「狼」不是單純寫狼，其
象徵的人物個性和態度已至為明顯。

　　從「仰天」到「低頭」，是純然的對比，並顯出突兀的改
變。低頭時卻是嗅到籬笆裡的一枚肉餅，相對於前段產生譏刺性
的境遇。由「仰天長嘯」時的精神昂揚，到「嗅到肉餅」的物質
誘惑，從「曠野」的開放天地，到「籬笆」的狹隘限制，顯示轉
變的激烈。

　　然而，最令人觸目驚心的是「肉餅」竟是毒餌。這個「毒」
可能是致死的美麗毒物，連壯懷激烈的人物也禁不住其誘惑。然
而，更嚴重的卻是無形的毒劑，並不傷害其生命，卻是腐蝕其精
神意志，摧毀其生命的本質。

　　於是，受到誘惑的狼，一下子就變成了「夾尾狗」，畏畏葸
葸，真是喪家之犬了。由仰天長嘯的狼，到夾起尾巴的狗，其
間變化有如天壤，而其變化之肇因，在於立場不夠堅定所導致。

　　題材新穎是這首詩的魅力，語言精煉是它的特點，而其象徵
性所包含的普遍性意義，則對所象徵的某些社會現象產生尖銳而
中肯的批判（回顧詩題〈黑夜裡的勾當〉，即思過半矣！）完全
符合了非馬對好詩所立定的要求。

〈醉漢〉

　　把短短的巷子

　　走成一條

　　曲折

　　迴盪的

　　萬里愁腸

　　左一腳

　　十年

　　右一腳

　　十年

　　母親啊

　　我正努力

　　向您

　　走

　　來

　　這首詩曾獲得 1978 年吳濁流新詩獎佳作，非馬 1936 年在台中市出生後，同年隨全家遷返廣東潮陽原籍，1948 年隨父來台，不久大陸變色，與留在故鄉的母親斷絕音訊。

　　這首詩雖然寫的是思親的愁緒。題目的〈醉漢〉本身便有多重的意義，可以表示真正醉酒後引起酒入愁腸化做相思情，也可以表示因思情以致如醉如癡的恍惚。

　　然而從詩裡所描述的，顯示一種近鄉情怯的醉態，是極為令人黯然神傷的情景。「巷子」與「愁腸」的對比，把走近門口將要與親人重見的一段歷程強化了。「短短」的巷子，竟然有「萬里」愁腸的心酸，除了真有舉步沉重，以致感到遙不可及外，另含有萬里尋親的真實意義在。巷子可能真的曲折，但是能夠克服一切困難，使親人重見，本身豈不是經過相當曲折的困境嗎？大概只有「迴腸盪氣」才能形容那種兼揉酸甜苦辣的心頭滋味吧？

　　「左一腳／十年／右一腳／十年」，暗喻離別之久外，更是近門時那種寸步難進的寫照。對母親傾訴「我正努力向您走來」，這種努力也不只是抑制悲情要叩開鄉關的努力而已，真是不知要擺脫多少內心的交戰，外界現實的阻礙和困擾啊。

　　文字的簡單、旋律的短促雖是非馬的特徵，但在本詩到末尾的一字一句，更暗示了路途的遙遠吧。

　　幾乎每一個詩句都要負擔多重的意義和象徵，是非馬詩藝最講究之處，因此，看似短短的幾段詩，常是飽和的自足自立的存在，而象徵性的延伸，也是令人常有愈讀愈有新的體驗的發現，也感到讀詩的快慰和感動。

〈反候鳥〉

才稍稍颳了一下西北風
敏感的候鳥們
便一個個攜兒抱女
拖箱曳櫃，口銜綠卡
飛向新大陸去了

拒絕作候鳥的可敬的朋友們啊
好好經營這現在完全屬於你們的家園
而當冬天真的來到，你們絕不會孤單
成群的反候鳥將自各種天候
各個方向飛來同你們相守

　　所謂「候鳥」是指每年順應氣候而遷徙的鳥類，主要當然
為了生活，不得不避開惡劣的氣候，遷往容易覓食之地。例如
氣候嚴寒時，向南方，等到氣候轉暖時再飛回，每年就重複
如此循環的集體遷徙作業。相反的是「留鳥」，即無論氣候
如何變化，只有在原地變化生活環境的海拔高度，而不向遠方
移徙。

　　實際上，在鳥類學上並無「反候鳥」的動物，非馬創作此
名詞，用來表示與候鳥相反的行徑，假設有一種鳥，不但不避開
惡劣的環境，反而投往境遇不佳的場所，以求團結抵禦困境的獻
身，是一種迎向戰鬥的美德的象徵。

　　詩中所寫的候鳥，當然是明喻著對本身植根的土地失去信
心，而逃往美國新大陸的人物。作者所寫「才稍稍颳了一下西北

風」，表示並非真正嚴寒季節來臨的徵兆，而候鳥的過敏，顯示過度反應的行徑。

當然，非馬對過敏的候鳥並未提出譴責，基於詩人悲憫的心懷和寬容吧。因為在下一段中，非馬立即對拒絕作候鳥的朋友們，表示敬意，那麼詩人對候鳥的態度，也就不言可喻了。

最後，非馬以自創的「反候鳥」，表示真正冬天到來時，將發揮與候鳥避難行為完全相反的赴難態度，回來共相廝守家園，是極為令人感到溫暖，並富有鼓舞士氣力量的宣告。

〈四季（2）〉

春

只有從冰雪裡來的生命
才能這麼不存戒心
把最鮮艷最脆弱的花蕊
五彩繽紛地
向這世界開放

夏

向焦渴的大地
奉獻我們的汗滴

滾圓晶瑩的露珠
源自生命的大海
帶著鹹味

秋

妻兒在你頭上
找到一根白髮時
的驚呼
竟帶有拾穗者
壓抑不住的
歡喜

冬

越冷的日子
希望的爐火越旺

我們心中
沒有能源危機這回事

　　對於意象主義者，追求以部分意象暗示全體的努力，似乎勢所
必趨，因為透過這個層次，才能達成象徵的效果。非馬寫過不少以四
季意象為主題的詩，季節的輪替，可以顯示自然景物的盛衰變化，從
而看出生命的迭替。在《白馬集》裡，甚至寫出樹、鳥、狗等生物的
四季形態，非馬刻意從意象中去探究生命的實質，是很明顯的。
　　就以此處所舉〈四季〉第二組詩為例，便一直圍繞著生命
的勁力在表達。在春天，生命嶄露新姿，是大自然更新之始。非
馬特別選定在雪後的場景，對於終年不見雪的台灣讀者，對雪也
許只有遠隔的美感想像，缺乏親身的感受體驗，但以在入冬後即
被雪封閉的芝加哥等北方之地生活的人們而言，冰天雪地真的有

如夢魘。經過如此嚴重苦難後的生命,即使「最鮮嫩最脆弱的花蕊」,也敢(不存戒心)向世界開放,表示了生命從與自然的疏離,又進入與自然和諧的一個轉化過程。那麼,這個「世界」終究是一個自由的、自適自如的存在場所。

夏天正是酷暑的季節,大地的「焦渴」乾旱,在大自然的調適上,也產生了疏離現象,然而詩人卻以生命的「汗滴」做為諧和的趨迎之道,同樣努力以轉化來提升精神的境界。由「汗滴」轉化為「露珠」,已成為「甘露」的象徵。而「鹹味」是鹽份的特質,生命的鹽份(本質)對焦渴的大地(存在)的基本關聯性,在此短短數行中表露無遺。

「秋」稍微帶有一些戲謔性,對於步入中年者初生華髮的心情,有反面思考性的表達。平心而論,人生歷練雖然學識經驗日豐,但生命卻日衰,尤以人到中年,感覺日漸強烈,因此,中年生白髮是相當「敏感」的話題,即使再如何坦然處之,仍不免有百感交集湧上心頭。非馬在詩中卻非常巧妙地把「白髮」與「拾穗」意象加以聯接,一方面在人生時序上,同樣有入秋,從夏季的絢爛回歸平淡的況味,另方面卻有進入收穫季的喜悅感,在精神上也是以「轉化」求得生命與自然的諧和歸趨。

在天寒地凍的北方冬季裡,如不升火取暖,人簡直無法抵禦自然氣候的肆虐,在北方可以沒有冷氣設備,卻不能沒有暖氣。然而,在發生能源危機的時候,因石油價格高漲,對北方冬天的生活造成很大的威脅。非馬把現實的困境故意隱晦,卻以「希望的爐火」來代替,是從現實到精神層次的另一種轉化過程。由於此項轉化,在越困境中產生對未來越強烈的希望,所以「能源危機」的威脅自然不放在心頭。

〈芝加哥〉
——一個過路的詩人說：沒有比這城市更荒涼的了，連沙漠……

海市蜃樓中
突然冒起
一座四四方方
純西方的
塔

一個東方少年
僕僕來到它的跟前
還來不及抖去
滿身風塵
便急急登上
這人工的峰頂

但在見錢眼開的望遠鏡裡
他只看到
畢卡索的女人
在不廣的廣場上
鐵青著半邊臉
她的肋骨
在兩條街外
一座未灌水泥的樓基上
根根暴露

這鋼的現實
他悲哀地想
無論如何
塞不進
他小小的行囊

　　這首詩曾入選前衛版《1982年台灣詩選》。芝加哥是美國的工業城市，在詩中可以做為西方工業文明的象徵，美國詩人桑德堡也寫過芝加哥，就是其中一例。但非馬寫芝加哥，不單純在描寫芝加哥，而是企圖表達出來自東方文明國家的少年，來到西方工業城市的感受，實際上就是部分留學生的心路歷程的寫照。

　　所謂「海市蜃樓」是烏有的假想，初履斯地的東方少年，對於市內聳立的高樓巨塔，會產生難以想像的驚訝，因此，以為是海市蜃樓的幻境。可是儘管工業城市的建設令人驚嘆，那種「四四方方的」造型，對東方少年來說，已暗示著單調，而有文明技術與文明實質背離的觀感。

　　東方少年不可諱言是懷著理想來到西方城市，僕僕風塵來此登臨，本身行徑大概就有讀書人千里迢迢登臨泰山的朝拜心情，一種登泰山而小天下的壯志心懷，只是時空倒錯，自然與人工造境也就大異其趣。

　　第二段顯示非馬在廣大鏡頭內將意象加以壓縮和跳接的描寫技巧。凡觀光之地，大多有投幣式望遠鏡的設置，要投錢才能觀望，「見錢眼開」一則為寫實，二則諷刺物質社會唯利是圖的行為。所謂「畢加索的女人」指畢加索在芝加哥廣場的一座雕塑而言，而畢加索自從1907年繪出揭開立體主義序幕的「亞維儂的少

女們」後，在他筆下，將形象加以肢解和重組，對於一般純潔、諧和的美，重做新的詮釋。這種立體主義以後的一些美學感念，正好與機械文明有些吻合之處，因此，非馬從實景聯想到畢加索的女人，也是自然而大膽的意象技巧。

女人「鐵青著半邊臉」，而肋骨暴露在兩條街外，這是很典型的畢加索立體主義時期的構圖，非馬的造型可以是景物的比喻，實際上也可以是實景的組合，簡單的說，從望遠鏡裡也可能真的看到一個女人鐵青著半邊臉，那是奇異化妝的側寫，而在兩條街外，另外有女人在樓基上作日光浴呢。但無論如何，女人肋骨與鋼筋的聯想，陰柔與陽剛的強烈對比，以及女人整體的美與鋼筋樓板犬牙交錯的醜相對照，都予非馬除了東方與西方的本質文化歧異外，又刻意加上的對立效果。

這樣的矛盾給予東方少年的衝擊，成為他無法包容或接納這種唯鋼鐵支持一切的工業城市風格。事實上，非馬寫出了東西文化接觸時的矛盾，而他的東方立場，使他肯定了表面上繁榮的西方城市實際上是荒涼的說法，因為只見技巧，而不見實質。

總之，非馬的詩正如他所要求的，具有著社會性、新奇性、象徵性、精確性的特質，他的努力已經把自己塑造成為相當典型的一位意象詩人。

原載：《文訊》，第三期，1983年9月10日；《台灣詩人作品論》，李魁賢
　　　著，名流出版社，台北，1987年。

急急收起你的笑容

——非馬·照相

蕭 蕭

非馬的詩觀，真是寫詩後的經驗談，可以實際將詩觀與詩相對照，絲毫無爽。他說「詩的口語化不是把詩牽進幼稚園去唱遊。一窩風用俚語寫詩，同一窩風用謎語寫詩的結果是一樣的：詩壇的偏枯。」「一個字可以表達的，絕不用兩個字、前人或自己已使用過的意象，如無超越或新意，便竭力避免。」

非馬的詩真是如此，詩的語言平實、口語化，但不俚俗，用字精省，篇章短小，不做無謂的浪費。寫詩取材的角度，不僅異於非馬所屬「笠詩社」的其他同仁·而且也與現階段的其他詩人不同，往往以最平凡的事物去尋求意義的突破，令人驚喜。

他自己也發現到這一點「從平凡裡引出不平凡，從不可能裡推出可能，這種『不意的驚奇』，如果運用得當，常能予讀者以有力的衝擊，因而激發詩想與共鳴。」激發詩想是詩人自外物發展詩的探索，激發共鳴則是以詩去感動讀者，這兩件事都靠「不意的驚奇」。

〈照相〉

鎂光燈才一閃
便急急收起你的笑容

　　然後在一個發霉的黃昏
　　你對著發霉的相簿悲嘆

　　唉，快樂的日子不再

　　以「照相」這首詩來看，詩人會想到「鎂光燈才一閃，便急急收起你的笑容」，每一個人都會有這種經驗，照相時要擺出最好看的姿勢，要穿戴最好看的衣物，要露出最好看的笑容，卡嚓一聲，所有的這些優雅、好看，便也跟著收將起來，詩人就從這點生活的現實經驗，發展出他的哲思。

　　很多人重溫往日的照片，總會感嘆青春不再，快樂不再，照片裡展現了最美好的笑容，最愉快的表情，鎂光燈閃過，便急急收起笑容，所以才有現實與照片的對照，可是沒有人想到這一點，沒有人參透這一點，往往執迷不悟，非馬的「照相」也許可以啟發我們對美的追求與永恆性，做個思考。

原載：蕭蕭編著《感人的詩》，希代書版有限公司，台北，1984.12.1。

此馬非凡馬
──台灣旅美詩人非馬作品欣賞

李元洛

　　台灣旅美詩人非馬的詩名，我是久聞的了，但美人遙隔海雲端，卻無由一見。1986年12月，第三屆台港海外華文文學學術討論會在深圳大學召開，非馬越海馳來，我們終於有緣相逢。他身材高而略瘦，面容清癯，文質彬彬中透出精明幹練。我一握手一拍肩，登時想起李賀〈馬詩廿三首〉之四：「此馬非凡馬，房星是本星。向前敲瘦骨，猶自帶銅聲。」

　　在期待千里足的詩的長途，非馬確乎不是一匹凡馬。他本名馬為義，原籍廣東潮陽，一九三六年出生於台灣台中市，同年全家返回潮陽鄉下，一九四八年隨父親去台灣。一九五二年他入台北工專讀機械工程，一九六一年進美國馬開大學研究院讀同一專業，得碩士學位，一九六七年去美國威斯康辛大學研究院攻讀，兩年後得核工博士學位，畢業後在芝加哥阿岡國家研究所從事核發電研究工作至今。非馬潛心於科學的天地，又朝拜詩神的殿堂，在台北工專時就和同學創辦《晨曦》文學月刊，十九歲時開始在報紙副刊上發表詩與散文。一九六七年在台灣《笠》詩刊發表作品，並加盟《笠》詩社，成為該社唯一的外省籍的詩人。除英譯白萩詩集《香頌》、《笠詩選》和中譯法國現代詩人《裴外的詩》之外，他至今已出版《在風城》、《白馬集》、《非馬

詩選》、《路》、《篤篤有聲的馬蹄》等五本詩集，作品被譯成日、英等多國文字。一九七四年他列名國際詩人名錄，一九七八年得吳濁流新詩佳作獎，一九八二年獲一九八一年度吳濁流新詩文學獎。台港論者稱他為詩壇的「一個異數」、「一匹矯健的黑馬」。當年許多同時出發的夥伴，有的已經中途退出了比賽，有的已經足力不濟但還在勉力馳驅，只有他和少數同伴仍在揚鬃奮蹄，把一個個驛站拋在得得的蹄聲之後。

　　非馬的詩，以對社會人生的熱切關懷和冷靜的哲理思考見長，是反映現實和超越現實的統一，這是一個極可寶貴的特色。五十年代與六十年代的台灣詩壇，先後成立了四個最具影響力的詩社，即以紀弦為首的《現代派》詩社，以覃子豪、鍾鼎文、余光中為旗手的《藍星》詩社，以瘂弦、洛夫、張默為掌門人的《創世紀》詩社，還有就是台灣籍的詩人群所創立的《笠》詩社。《笠》詩社的詩歌主張是表現鄉土、關懷人生、批判現實，非馬的作品和《笠》詩社的創作走向大致相同，但他卻是這個詩社中年一代成績最顯著的詩人之一。要認識非馬詩作的特色，有必要對他的詩有所了解。1987年非馬從美返台，有人問他「理想中的好詩條件如何」，他的回答是：「對人類有廣泛的同情心和愛心，是我理想中好詩的首要條件，同時，它不應該只是寫給一兩個人看的應酬詩，那種詩寫得再工整，在我看來也是一種遊戲和浪費。……對一首詩我們首先要問，它的歷史地位如何？它替人類文化傳統增添了什麼？其次，它想表達的是健康積極的感情呢？還是個人情緒的宣洩？對象是大多數人呢？還是少數的幾個『貴族』？」（1979年2月《笠》詩刊第89期）將近十年之後，非馬仍然堅持他原來的詩觀，時間的風砂和西方世界的綠酒紅燈，並沒有消磨他當年的鋒

銳之氣，他說：「詩要感動人，特別是要感動許多人，必須和大多數人的共同生活經驗息息相關，同現實世界緊密結合。一個現代詩人必須積極地參與生活，勇敢地正視社會現實，才有可能對他所處的社會和時代做忠實的批判與記錄。」（王晉民：〈在美國訪問台灣著名詩人非馬〉《文學知識》1982年第12期）——世間有各種各樣的詩作，有的晦澀虛幻如同夢囈，有的遺世獨立而不食人間煙火，有的熱衷於文字的七巧板遊戲，因此，我十分欣賞非馬這種執著於現實和人生而質樸如同泥土的美學見解。

　　非馬自稱「是『現實至上』論的擁護者」，但是他的作品卻又不是對現實機械的亦步亦趨的反映，也不是毫無主觀靈視的既實且死的模擬。他的優秀作品，植根現實又超越現實，表現了他對生活一種橫向與縱向相結合的宏觀的哲理思考，這樣，他的作品既是寫實的，又常常具有哲理的內蘊與象徵的品格，既刺激讀者的審美感性，又激發讀者的審美思考。而因為提昇到較高的美學層面，就避免了有些寫實之作的膚淺與平庸的弊病。如曾獲吳濁流新詩佳作獎的〈醉漢〉一詩，它的主旨是寫海外遊子離鄉去國的鄉愁，這是一個極富寫實感和時代情的主題，不少台灣詩人曾經做過成功的嘗試，但是，非馬對此仍然做了獨具個性的出色表現，他的獨特之處就在於對現實題材做象徵與超越的處理。詩中的主人公「醉漢」是對海外遊子的現實寫照，同時，它又是「行邁靡靡，中心如醉」的超越象徵。在第一節中，「短短的直巷」，象徵回返鄉關的實際距離很短，而「萬里愁腸」卻表現了人為的空間之遼遠，「短短」與「萬里」的矛盾語的激盪，構成了強大的撼人心魄的張力。在第二節裡，「母親」是寫實，因為非馬1948年隨父去台，和留在大陸的生母一別就是三十年，然

而，「母親」在這裡同時也是象徵，象徵詩人魂一夕而九逝的祖國。「左一腳／十年／右一腳／十年」，表層意義是寫醉漢的蹣跚步態，實際上是以腳步與時間的對映，形容路途之遙遠與回返之艱難，這種象徵性意象中蘊含的咫尺天涯的悲劇意識，這是時代的悲劇，也是人生的悲劇。作於 1975 年的〈黃河〉也是如此。詩人寫的既是黃河，也是多災多難的古老的中國，黃河在詩中成了古老中國的象徵，詩人那種縱向的哲理沉思，使得這首詩獲得了一種深層次的歷史感。如果說，上述詩章和〈默哀〉（1982）、〈越戰紀念碑〉（1985）、〈巧遇〉（1983）等篇，顯示了非馬的詩作強烈的社會性，其它幾首寫動物與寫景的小詩何嘗不是如此？〈龍〉（1982）就別具一格。只活在古老的傳說之中的「龍」，有誰見過它的真容呢？即使是「恕卿無罪」的所謂真龍天子，也只是古代和現代的迷信而已。然而，構成強烈的反諷的是，人們卻偏偏四處塑造龍的形象，連「幾根鬍鬚都不放過」。「龍」在中華民族的傳統心理積澱中本來有多重象徵意義，詩人在這裡僅取其一，賦予詩的意象以民主與科學的哲理思考的內涵，對迷信和愚昧予以鞭撻，具時代精神和當代意義。

　　非馬是一位將鄉土詩歌的精神本質與現代詩歌的表現手法結合起來的詩人。他宣稱自己是「現實至上」論者，同時，作為一位詩人而不是社會學家，他力求作品具備詩之所以為詩的美學素質。為香港文藝風出版社編選《台灣現代詩選》，他選詩的標準一是「含蘊的感情必須真摯」，二是「必須是『詩』，有詩的精神以及詩的味道」。1977 年他在中國文藝座談會上談現代新詩創作，他認為現代新詩的特徵除「社會性」、「象徵性」、「新奇性」之外，第四個特徵就是「濃縮」，而他認為濃縮不僅是精簡字句和意象，也要

求「避免用堆砌的形容詞和拖泥帶水的連接詞。過量地使用連接詞或形容詞，必然使一首詩變得鬆散疲弱，毫無張力」。非馬自律性很強，加之嚴格的科技訓練的助益，他的詩在內涵上力求排除濫情，在外形上力求文字與形式的簡潔和鋒銳，像一位高明的寶劍冶煉師，去掉所有的雜質而追求寸鐵殺人的鋒芒。這種外部形貌簡約而內部意蘊豐富的詩美的獲得，我以為大略是通過如下的藝術途徑：

意象的壓縮和跳接。詩美的法則之一是寓多於一，以簡馭繁，而不是以冗長來表明充實，以蕪雜來顯示豐富。我們讀到許多新詩作品，就因為意象的大量鋪排與堆砌，堵塞了讀者想像的通路，而外簡內繁的逆向組合，則表現為外在的意象省略和壓縮之後，內在的意蘊在讀者的接受活動中卻更為活躍與豐富。意象的壓縮，往往省略了事物的靜態描繪和發展過程的敘述，而追求動態的演示乃至時間與空間的跳接，那種欲斷還連的時空跳接組合，訴之於富有想像力的讀者，往往就能在作者與讀者的共同創造中極大地擴展作品的內在容量。〈醉漢〉中的「左一腳／十年／右一腳／十年」，加起來只有十個字，「左一腳」與「右一腳」是空間意象，兩個「十年」則是時間意象，時空的跳接的幅度很大，其間壓縮和省略的東西很多，鄉愁的沉重與綿長，也盡在其中了。在〈默哀〉一詩中，詩人只集中抒寫「默哀」這一典型瞬間，將四十多年前的八年抗戰與南京大屠殺的歷史，和四十多年後日本教科書對歷史的歪曲以及貝魯特難民營的苦難現實，時空闊大地跳接組合在一起，具有深厚而沉重的歷史感與痛切而廣闊的現實感。〈越戰紀念碑〉第一節只有四行：「一截大理石牆／二十六個字母」，不僅將成千上萬的名字「嵌入歷史」，也將一場血肉橫飛的戰爭和千萬人的悲劇命運濃縮於詩行之中。〈獅〉

（1981）中的「參天的原始林已枯萎／成一排森嚴的鐵欄」，也是壓縮與跳接的範例。「原始林」與「鐵欄」在密集而直線矗立的外形上有相似之處，但兩個意象之間並無必然的關連，現在卻通過「鐵欄中的獅子」跳接組合在一起，空間的換位顯示的原來是自由的悲劇。詩人寫的是自然界的生物，涵蓋的卻不僅僅是表面描寫的意義，它激發的不是讀者由此及彼的廣闊人生聯想嗎？

　　意象的非確定性與多重意義。有一些好詩，其意象所包蘊的含意雖然是確定的，但它仍然可以刺激讀者多方面的聯想，如李白的〈靜夜思〉，如賀知章的〈回鄉偶書〉，但是，有些好詩卻以意象的不確定性與多重意義取勝，即：不是只有單解而可有多解，意象可譯而且可有多譯。因為作品主體不只具有一種意義而有多重意義，所以那種直線因果式的封閉性欣賞思維就不能與它適應，它所歡迎的自然是那種多角度全方位的開放性欣賞思維，而作品也正是在讀者參與創造中獲得廣闊的天地與長久的生命。非馬的優秀作品就是如此，〈鼠〉（1981）、〈龍〉、〈獅〉分別寫了三種動物，但它們卻同時又是超越本體的象徵，其內涵意義當然是多重的，也需要讀者有多樣化的理解。又如〈廟〉（1985），它和其它詩人所寫的同類題材之作迥然不同，從中可見非馬的原創力，我這裡要說明的是它的多重意義和多解性。詩的開始兩句，以天邊遠星為檐角的出色想像，極力形容宇宙之大，但第二節卻逆向反思，說「即使是這樣寬敞的廟宇／也容納不下／一位唯我獨尊的／神」。非馬是在寫廟宇？還是在寫社會？是無神論者對神學的批評？還是包容了對人生百態的感慨？意象的不確定性帶來了理解的多樣性，二者的結合則使作品「本文」具有了更大的容量與深度。

　　十七世紀的英國哲學家培根說：「讀詩使人靈秀。」詩，可以說是智慧的同義語，非馬作品的突出美學特色之一，就是源於智慧的「詩的機智」，它常常能產生使讀者「驚奇」與「喜悅」的美學效果。而這種「詩的機智」，根本上是詩人對人生有獨到的穎悟，而在藝術上主要得力於詩的構思的「矛盾逆折」。非馬不止一次地談論過如下的詩的技巧：「從平凡的事物裡引出不平凡，從明明不可能的境域裡推出可能，這種不意的驚奇，如運用得當，往往能予讀者以有力的衝擊，因而激發詩思，引起共鳴。」我以為，非馬所推許的這種詩藝，主要表現為矛盾逆折的藝術構思。對於「矛盾逆折」，我國古代詩論已有所接觸，如宋人楊萬里《誠齋詩話》在談到杜甫「老去悲秋強自寬，興來今日盡君歡」時，他讚賞說：「第一句頃刻變化，才說悲切，忽又自寬。」他所意會而說得不明確的「頃刻變化」，便是指「矛盾語」的變化。「矛盾逆折」，西方文藝理論稱之為「矛盾語」，又稱「抵觸法」、「反論法」或「矛盾修辭法」。美國學者布魯克和華倫合著的《現代修辭學》甚至強調說：「矛盾語法是適宜於詩的，甚至可以說是詩中無法避免的語言。只有科學家們的真理才要求一種絲毫沒有矛盾跡象的語言：而很明顯的，詩人們所要抒寫的真理只有靠矛盾語法始足以獲致。」（見黃維樑《火浴的鳳凰》，台灣純文學出版社1979年版），西方現代派詩歌廣泛使用矛盾語這一手段，翻譯過許多歐美詩歌的非馬自然熟諳此道，他曾說過他十分喜歡美國詩人勞倫斯·弗靈蓋蒂的「機智而口語化」，以及土耳其詩人納京·喜克曼「簡單而美麗，把逼人的現實天衣無縫地融入詩裡」。所謂「矛盾逆折」，就是在同一詩行或連貫而下的幾行詩句中，或在全詩的整體藝術構架

中，將彼此矛盾的兩種意念或情景緊密地組合在一起，構成順逆相盪富於張力的衝擊。「把短短的直巷／走成一條曲折迴盪的萬里愁腸」（〈醉漢〉），「閉起眼睛／卻聽到八年裂耳的慘呼」（〈默哀〉），「臥虎藏龍的行列／居然讓這鼠輩佔了先」（〈鼠〉）——在極短的語言距離中運用反義詞或字面意義相反的詞，無序而有序，相斥而相成，讓它們在不和諧的狀態下構成新而且美的秩序，這種反逆的思考與表現，極具張力而新奇警動。在整首詩的藝術構思中運用矛盾逆折的，有〈越戰紀念碑〉、〈龍〉、〈廟〉、〈巧遇〉等篇。〈越戰紀念碑〉第一節寫大理石石牆上刻滿戰死者的名字，這本來是紀念逝者永生的，第二節卻寫老嫗在愛子的額頭尋找那致命的傷口，前後逆折，於是虛有的光榮和互相矛盾對立的意念與情境相摩相盪，去單調而致新奇，沒有直露之弊，而有警策之神。〈巧遇〉也是如此，這個題目本身已具有反諷意味，「熱切」與「冷血」，「心」與「飛彈」如此不和諧地矛盾組合在一起，後五句與前四句構成了尖銳的反思和突轉的逆折，讀來令人如臨其境而驚心動魄。

　　在台灣與海外華文詩壇，非馬是一匹長途奔馳而壯心不已的駿馬。他本姓馬，他的五本詩集的題名也有兩本與「馬」有關，他的〈馬年〉一詩曾經寫道：「任塵沙滾滾／強勁的／馬蹄／永遠邁在／前頭／／一個馬年／總要扎扎實實／踹它／三百六十五個／篤篤。」這是自信，也是自許，更是自勵。風入四蹄輕，在深圳揮手自茲去之後，且讓我側耳傾聽那自海外傳來的篤篤的蹄聲。

原載：《名作欣賞》1987年第5期；《寫給繆斯的情書——台港與海外新詩欣賞》（李元洛，北岳文藝，1992.8）。

讀非馬的〈鳥籠〉

紀弦

　　詩人非馬作品〈鳥籠〉一首，使我讀了欽佩之至，讚嘆不已。像這樣一種可一而不可再的「神來之筆」，我越看越喜歡，不只是萬分的羨慕，而且還帶點兒妒忌，簡直恨不得據為己有那才好哩。

　　〈鳥籠〉之全貌如下：

　　　打開
　　　鳥籠的
　　　門
　　　讓鳥飛

　　　走

　　　把自由
　　　還給
　　　鳥
　　　籠

　　我認為，此詩之排列法，其本身就是「詩的」而非「散文的」。如果把它排列成：

　　　　打開鳥籠的門，
　　　　讓鳥飛走，
　　　　把自由還給
　　　　鳥，籠。

　　也不是不可以。但如此一來，就「詩味」全失了。一定要把「鳥」和「籠」二字分開來，各佔一行，這才是「詩」。這才是新詩！這才是現代詩！

　　說到詩的主題，非馬不但把「自由」還給「鳥」和「籠」，而且還有個第三者──我──在這裡哩。讓飛走的鳥自由，讓空了的籠自由，也讓讀者自由──所謂「留幾分給讀者去想想」，言有盡，意無窮，這多高明！多麼了不起的藝術的手段啊！

　　朋友們：請用你們的想像去創作一幅畫吧──站在舊金山最高一座山的山頂上，紀弦舉杯，遙向遠在芝加哥的非馬道賀與祝福的那種神情。好了，到此為止，我也該停筆了，因為我的話也不可以說完呀。

　　　　　　　　　　　　1994年12月20日於美西堂半島居

原載：新大陸詩刊（27期，1995.4）；華報（1995.5.18）；笠詩刊（187期，1995.6）；《千金之旅》（文史哲出版社，1996.12）。

非馬詩的幽默品格

劉強

　　幽默，是生活的一種情趣，也是詩的一種情趣。可以說，生活中沒有幽默，也就沒有詩意；反之，詩如果不幽默，詩也就沒有生活氣息。這，是由生活和詩的本質所決定的。一首詩能幽默，當屬上乘之作，讀來餘韻無窮。

　　可以毫無疑問地說，幽默，本是詩美之路。

　　著名旅美華文詩人非馬的詩，以能給人豐富的幽默感見長。他的詩擷取日常生活中潛在的一些樂趣，加以昇華，也為日常生活增添樂趣，給生活多一些開心，更為人們增添智慧和見識，因而為讀者所喜歡。

　　更何況非馬詩創造的幽默，使人心胸開闊，精神爽朗。當然，也讓人在笑意中警醒，銳敏脫俗，且入世和悟世。

　　2001年9月，在中國作協舉辦的非馬詩研討會上，主持人、中國作協書記處書記金堅范先生，提出了一個很有意思的問題：「非馬作為一個科技工作者，他為什麼能寫出這麼好（如此傑出）的詩來？」可惜，與會的人沒有美妙的響應·這個問題得從多方面說。比如，非馬作為科技工作者的「孤獨」和「淵默的冷」，使他走近詩；非馬對愛情生活的美的追求，使他走近詩；非馬對生命萬物的愛，使他走近詩等等。但是，如果用一句話說，那就是，生活使他和詩結緣。就生活的本質而言，它選擇詩

人，是不看他是不是科技工作者的，而是誰最敏捷地發現生活中的幽默，誰就最容易走入詩的境地，誰就最有詩人的資格。

因此，我們可以這麼說，是生活的幽默，創造了非馬詩的成就。

此外，就客觀而言，非馬的許多詩屬於嚴肅題材，重大主題，如缺少了詩的幽默感，也就會顯得太「刻板」了。

非馬寫了許多諷刺詩，人稱他「諷刺詩大家」，這一點也不假。但有人則稱他「詩壇上的卓別林」，似乎更風趣。他是詩壇上一位不可多得的「幽默大家」。

幽默，造就非馬成為傑出的詩人。

1.冷幽默

他的詩富有一種「冷幽默」。所謂「冷幽默」，就是詩的表象不笑，骨子裡笑。詩人自己不笑，讀者讀詩時，在心裡暗自發笑。

現代的物質文明很是可觀，精神文明似乎沒有了位置。非馬看到了這種狀況，內心裡很有感觸，他在〈夜遊密西根湖〉（1991）一詩裡，自然地生出一些經過了「冷」的思索的幽默來。

> 從摩天樓的頂層伸手摘星／應該不會太難／但多半，我猜／是星星們自己走下來／為這華麗的一哩／錦上添花／／
> 在巧奪天工的玻璃窗口欣欣炫耀／或在無人一顧的天空默默暗淡／沒有比這更現實的選擇／／

> 船到馬康密克場便掉頭了／再過去是黑人區／黑黝黝／沒
> 什麼看頭

芝加哥的物質文明，如同那兒最壯觀的高樓一樣，升入極端。連天上的星星們都願意低首賓服，成為高樓亮麗窗口的一種炫耀，而不甘天空的寂寞暗淡。

令讀者聯想到的是，高傲的星星們也願意屈尊降格，轉而艷羨物質繁華的炫耀，不正好表明文化的淪落和精神內涵的垮失麼？

黑人區「黑黝黝」，恐怕連星星們都不肯去。

黑色幽默！

非馬的詩，親切、平易，聽他那聲音不高，好似娓娓談心，總是喚起人的感情。詩若盛氣凌人、裝腔作勢、故弄玄虛，是沒法得到這種幽默感的。

2.造幽默意象

非馬詩的幽默，不同於一般，他十分善於選擇和營造富有幽默感的詩的「象現」，他就是以這些詩的「象現」，使人從驚異中得到醒悟和啟迪。

詩人以營造意象來表現詩的幽默，這就不離詩的本行，以此區別其他文學作品的幽默。讀〈羅網〉（1984）：

> 一個張得大大的嘴巴／是一個圓睜的網眼／許多個張得大
> 大的嘴巴／用綿綿的饞涎編結／便成了／疏而不漏的天羅
> 地網／／

> 咀嚼聲中／珍禽異獸紛紛絕種／咀嚼聲中／彷彿有嘴巴在問／吃下了那麼多補品的人類／究竟是個什麼滋味

此詩營造了一個「羅網」的意象，這種營造是深邃的，一個絕對令人警醒的意象！

「羅網」的意象，也是詩人的一個幽默發現，非同尋常的發現：人的嘴巴是「網眼」，許多張得大大的嘴巴，編結成「饞涎」的「天羅地網」，它能吃盡一切——「珍禽異獸紛紛絕種」，最後便是吃人，其實，那種吃珍禽異獸、山珍海味的「吃吃喝喝」，本質就是吃人，吃的都是民脂民膏，是民眾血肉之所供呀！

這甚至是一種殘酷的幽默：〈羅網〉出一種殘酷的意象，這種「吃」是很殘酷的！「羅網」，不是別的，是「吃人」的羅網。

魯迅先生最先披露黑暗的專制制度「吃人」。看來已經不只是如此，人的嘴巴也「吃人」！吃吃喝喝的社會風氣，便是佈設「吃人」的天羅地網。

非馬的諷刺詩，有強刺（痛刺），睿刺（智刺）和美刺等諸多種類，都不同程度地包含著幽默，尤以「美刺」為最。讀〈皮薩斜塔〉（1992）：

> 一下遊覽車我們便看出了局勢／同大地較勁／天空顯然已漸居下風／／
> 為了讓這精彩絕倫的競賽／能夠永遠繼續下去／我們紛紛選取／各種有利的角度／在鏡頭前做出／努力托塔的姿勢

//

當地導遊卻氣急敗壞地大叫／別太用力／這是一棵／不能倒塌更不能扶正的／搖錢樹

此詩也以詩的意象造成幽默。導遊的商業目光和旅遊觀光者「不商業」的情趣，形成強烈反差。在旅遊觀光者眼光裡，「皮薩斜塔」所創造的，是一種科學現象和藝術現象的一致，一種神奇現象，大家爭搶鏡頭；而在導遊眼光裡，「皮薩斜塔」便是金錢的化身！

現在，後者取代了前者，一切都「商業化」了。

在現代工商業社會，「皮薩斜塔」之所以還站在那裡，只是因為它已經成為一棵「搖錢樹」——一種典型的商業現象。不然，它早就沒有存在的價值了。商業目的，成了終極目的。

這不是幽默得十分絕妙，也很有美感嗎？

3.「冷藏」幽默

再讀一首人們不大注意的〈留詩〉（1993）：

我在冰箱裡／留了幾首／詩／／
你到家的時候／它們一定／又冰／又甜

這是詩嗎？詩的幽默就在這裡，怪怪的，以其幽默成詩。

乍看，這首詩似乎什麼也不是，甚至不像是詩。可讀著讀著，詩的幽默味兒就出來了，你還不得不承認它是一首好詩。

　　市場經濟社會，在日趨商業化、物態化的今天，詩算什麼？詩被甩到哪個角落裡去了？不能當商品買賣，產生不了利潤的詩，遭到利慾主義鄙棄，是理所當然的事。但是，詩人並沒有因此「失語」。正因為如此，詩人做了一種語言試驗，反其道而行之，在另一個層次上做出新的美學開掘。在詩人那裡，詩是可以進入冰箱冷藏的食品，可以解渴充飢，是「又冰／又甜」的冰鎮食品，甚至還可以開慧醒神呢！這不就是說，詩仍然是不可缺少的「精神食糧」嗎？詩以「不說出來」為方法，也是幽默所致。

　　此詩的幽默，難道不是對某種社會存在現象的一種反諷？

　　詩的幽默，是在挖掘人類良知和民族良心。詩，似乎在期待一個真正的「美食」社會，這或許是另一種美學期待吧。

　　看似不是詩，卻十分地詩意化，這應該是詩的幽默的功效。

4.遠距離幽默

　　非馬還善於採用「遠距離」藝術方法，把諷刺也變成幽默，使社會願意接受，也更有力量。讀〈再看鳥籠〉（1989）：

> 打開／鳥籠的／門／讓鳥飛／／
> 走／／把自由／還給／天／空

「遠距離」迂迴細讀，才品出諷刺的深長意味來。天空沒有鳥飛，何顯自由？那只是一種死寂，沒有了靈魂。天空不自由，原來是因為鳥被籠子關起來了。讀這首詩，想到了什麼嗎？詩人所

做的呼籲，仍然在追求靈魂的自由。它使人聯想到現實社會的這片「天空」。

為了出「有限」入「無限」，造「大化」之境，非馬力求做出一些「遠距離」設計，拐著彎子造幽默。且一讀〈賞雪〉：

> 亮麗的陽光下／一群銀髮的樹／光著身子／一動不動地圍觀／一個女人／裹著比雪還白的／狐皮大衣／在那裡／賞雪

這是一種「人雪互賞」的風景，實在是人的自我欣賞；而從人的自我欣賞看，則又拐了一個彎子──彎子中的彎子（距離拉的更遠），所欣賞的並非人自己本身，而是對「比雪還白的／狐皮大衣」的欣賞，這就成為人對物的炫耀：人貶值了，尤其是女人貶值了。這就成了「銀髮的樹們」的話題，和它們「一動不動地圍觀」的原因！

遠遠地幽默一把。

5.詞語上見幽默

我們還可以看到，非馬詩的幽默，在詞語的使用上下了功夫。他特別挑選一些引人發笑的詞語，而這些詞語帶來的又不只是表象的幽默，而是從人的靈魂深處爆發出的幽默，它能深層次挖掘人的靈魂，在幽默中給人的靈魂以鞭笞，並施行療治。

可見，詩的幽默在組詞造句上尤為重要。讀〈飽嗝〉（1981）：

　　　　一個飽嗝／石破天驚而來／／

　　　　請原諒／這便便的大腹

吃喝得醉醺醺，在眾目睽睽之下，「一個飽嗝」當眾打出，實在是
一種幽默。詩人抓住這個生活現象，領頭突兀出「一個飽嗝」這個
詞組，從人的靈魂深處幽默開來。這不啻是譏諷一種社會現象：
飽食終日，無所用心。除了「這便便的大腹」（詩的末句，又造了
一個幽默的句子），語氣和聲調中也能出幽默外，最幽默、最妙不
過的，要算中間這樣一個詞語：「石破天驚」！一語雙關，隱藏眾
象。使人想到公款吃喝，一頓吃掉數千、數萬元，一頓吃掉幾個、十
幾個農民、工人一年或幾年的血汗，怎能「原諒／這便便的大腹」？

　　一頭、一尾，加上中間的語句，都是幽默有加，再加上「請
原諒」這個超短的幽默墊句，叫這首詩怎能不幽默？

　　最後，竟落實到「肚皮」（便便大腹）的不是，又是一種幽默。

　　該死的，這些「公款肚皮」，這些人靈魂深處掩藏的
「私」，也在肚皮裡膨脹起來，怎麼能不「石破天驚」！

6.幽默在詩眼上

　　美國「911」事件之後，詩人非馬以驚人的膽識和十分敏感的
心靈，很快寫下一首詩〈911〉（2001）。詩不長，卻是大詩：

　　　　雙子塔可以倒塌／五角大廈不妨炸成四角／或六角／但當
　　　　五千多個無辜的／血肉之軀／在烈焰中煎熬哀號／我們不
　　　　得不狂撥求救電話／給真主阿拉／或任何上帝／／

　　卻突然遲疑停頓了下來／／

　　如果萬能的祂／連那些僭用他名字的懦夫們／心頭熊熊的

　　恨火／都無法撲滅

　　「911」是事件的日子，9月11日；也是美國各地專用的緊急求救電話號碼。詩的這個題目，是雙關語。此詩的著眼點在於「人」：雙子塔炸塌，五角大廈炸掉幾個「角」，這些都是「物」的損失；卻不能不顧及「人」，不能做出滅絕人性、人道的行為哪！這是詩人的重要立足點。但是，詩的意蘊尚不在此，而是感嘆事件發生後，五千多個無辜的血肉之軀在烈焰煎熬中哀號求救，向真主上帝。詩人想到的是，大概就連真主上帝也沒有辦法。除非，他們能在這個世界消滅仇恨！

　　「撲滅恨火」！——這是此詩的「詩眼」。

　　這也是詩人站的高度：要鏟除恐怖主義，消滅恐怖活動，就得「撲滅恨火」——這才是禍根。這個常識，並不是每個人都懂，或每個人都願意承認的，所以詩人用詩來做這個提醒。

　　詩人並沒有直接提出反對恐怖主義，但卻鮮明地提出了要徹底反對恐怖主義，就得「撲滅恨火」，這是詩的一種「遠距離」藝術，也是詩人的一種內在幽默，幽默得很美。比起開頭「五角大廈不妨炸成四角／或六角」的幽默，更要美一些。

　　幽默在「詩眼」上，亦可見詩人嚴肅的幽默氣質，高層次幽默。

　　幽默的時機和角度很美，以至於很嚴肅的話題，不會顯得很刺激，反讓你能在心頭暗笑。

7.以虛出幽默

再說說幽默必須出「虛」，詩太實了難以幽默。讀〈領帶〉
（1983）：

> 在鏡前／精心為自己／打一個牢牢的圈套／／乖乖讓文明
> 多毛的手／牽著脖子走

以「虛」觀物，神與物遊。「虛」以待物，超越物的本體。

「領帶」已不是領帶，也不是字面上的「圈套」。前面說
過，詩人的幽默是「冷幽默」。經過「冷」的過濾以後，非馬營
造出多義性「虛象」。

可以說是：自己禁錮自己，還不自覺，還在痴迷，還在自我
欣賞。

此詩的幽默是，文明的禁錮，而禁錮是文明的嗎？

詩若停留於「實」，涵義是固定了的，有限，也幽默不了。
「靈性」昇華了，詩出「虛」，涵義不固定，中間變量大，詩才
能走向無限。

8.幽默入微

這裡，還得說說非馬的詩幽默入微，幽默得很是細緻、神
妙。詩的幽默不僅要繪形繪色，還得摹神。舉個小詩例〈夏晨鳥
聲〉（1987）：

有露水潤喉／鳥兒們有把握／黑洞裡睡懶覺的蚯蚓／遲早
會探出／好奇的頭

這是一種慵懶的觀望神態。「有露水潤喉」，夏晨的鳥兒們
是滿足的。但是，它們的貪婪慾望又不滿足。怎麼辦？以慵懶等
待、觀望慵懶：蚯蚓遲早會探出頭來的。

因此，只有「鳥聲」沒有行動。懶等懶吃。自然具象的慵懶
神態描摹出來了。顯然，這也是一種社會世態。這裡的幽默，似乎
輕描淡寫；但它以訕笑出，出一種淡淡的幽趣，幽默得十分微妙。

9.天性幽默

幽默成為非馬詩的一種內在品質，或者說一種天性。

非馬的詩創造，不一定非得要冷嘲熱諷，也不一定要給人以
刺激，才會產生和使用幽默，他常常從日常生活中發現或發掘能
夠振奮人的情緒的幽默來。〈學鳥叫的人〉（1987）裡的幽默，
純粹是天然的，不是詩人硬性加進去的：

臨出門的時候／尖著嘴的妻子／在他臉頰上／那麼輕輕地
／啄了一下／竟使這個已不年輕的／年輕人／一路尖著嘴
／學鳥叫／／惹得許多早衰的／翅膀／撲撲欲振

這是生活本身的幽默，被詩人發現和發掘出來。

臨出門前，妻子一個親臉的動作，使他產生一種「鳥啄」的
銳敏感覺，這是一種對生活中的幽默的把握和發揮，使之上升為

藝術。興許，「鳥啄」的那種「吱溜」聲（聲音隱藏）的親切回憶，使這個「已不年輕」的人「年輕了」（又幽默一次）。是這種第二次青春的活力，「惹得許多早衰的／翅膀／撲撲欲振」！

　　這裡的幽默是內在的，是生活中深層地隱含著的，被詩人發掘出來：金錢社會奔命勞頓、疲憊不堪，有了愛的活力作驅動，人們便精神煥發了，當然也就驅走了許多競逐的煩憂。這裡，不說人的精神振奮，而以鳥的振翅欲飛，描摹人之減「衰」，幽默得很妙，也美。

　　人，亦如一隻不知疲倦的自由飛翔的小鳥！學鳥叫，讓人放棄一切身外的多餘顧慮，滌除競逐的煩惱，精神得以超拔。

　　此詩乃非馬藝術創造高層次典範之作，堪稱大詩。

　　非馬詩的幽默難以盡言，先說到這裡。

原載：《森林文學》第四期詩歌專號，2007.10

　　*劉強，中國國家一級作家，中國作家協會會員，《孔孚傳》及《非馬詩創造》作者，現居湖南株洲。

論非馬的三首詩

李弦

黃河的鏡子

〈黃河〉

把
一個苦難
兩個苦難
百十個苦難
億萬個苦難
一古腦兒傾入
這古老的河

讓它渾濁
讓它泛濫
讓它在午夜與黎明間
枕面遼闊的版圖上
改道又改道
改道又改道

　　非馬近年來發表的詩，很能實踐他的詩觀：「今天詩人的
主要任務，是使這一代的人在歷史的鏡子裡，看清自己的面目。
而只有投身社會，成為其中有用的一員，才能感覺到時代的呼
吸。」[4]這種強烈的參與感，使他的作品表現了某些標榜現代的現
代詩所無法觸及的時代意識，而這些正是《笠詩刊》所走的路子
之一，刊載在《笠詩刊》或笠詩社成員的詩，絕非如一些心存偏
見者所說：「在創作上並無什麼出色的表現。」[5]只能說他們堅持
「詩的現實（生活）性」[6]而不走那條現代主義的西化路線而已。
非馬英譯《笠五十五期特輯》及白萩的《香頌》[7]，足可在一些標
榜世界性的現代偽詩之外，介紹一些具有民族風格的鄉土詩。這
首〈黃河〉，以及〈電視〉、〈信差〉等[8]，表現現實的題材，深
沉而有力，有相當出色的表現。

　　黃河是十足古老中國的象徵，選用這一意象，傳達出詩人對
古老祖國的複雜情緒，正是他所說的「任務」，使根在中國，卻
又只能瞻望的這一代在歷史的鏡子裡看清自己。他使用的就是這
樣的看清歷史的角度，是一種現代的詠史詩。這首兩節的分行自
由詩，首節強調黃河的容受，二節則顯示黃河在歷史中的苦難形
象。非馬的語言觀反對「用謎語寫詩」，也反對「一窩風用俚語
寫詩」，因此，他的語言是精煉的口語，而非俚俗，這是笠詩社
所追求的理想，而非如人所訾議的淺俗或淡白。首節一行「把」

---

[4]　《八十年代詩選》，頁192。
[5]　張默《新銳的聲音・序》，《新銳的聲音》（六四年三信出版社），頁3。
[6]　《八十年代詩選》頁191，〈非馬小傳〉。
[7]　白萩詩集《香頌》，巨人出版社，臺北，1972年。
[8]　同註4，頁193、194。

字獨個兒孤懸，然後帶動一連串的「苦難」，「把」字屬於古典修辭學中的「領調字」一類，除「把／一個苦難」外，貫串其下的「兩個苦難／百十個苦難／億萬個苦難」，使用類疊手法，以相同語型加強語言氣勢，這種不用具體意象，卻以抽象的數目字逐漸增加其量感，是不易使用的寫法。在此，他由小我的歷史感，層層擴大，以至於億萬個的大我，雖是億萬個，其實只是一個單位。中國語法中的不使用時態的特質，使得「一古腦兒傾入／這古老的河」的動作，不但是過去的，同時是現代的，也是未來的，因為省略指明時態的文法關係，「黃河」更超越時空地承受無窮無盡的「苦難」。末二行，兩個「古」字用得極妙，其實用法不同，卻造成音響上的效果！試唸唸「古腦兒」與「古老」即知其妙諦。二節沿苦難、傾入、河的基線發展，大量使用類疊法，具有河流的律動感，其實整節只是三個動作：渾濁、泛濫、改道，這是必然的過程，是不斷的「傾入」必然發生的悲劇，展現歷史的鏡子裡殘酷的事實。其中使用「在午夜與黎明間」，暗示這是漫漫長夜，是歷史的夢魘，因了這夜的意象，繼起的「枕面遼闊」才能接榫而上，渾濁也好，泛濫也好，改道又改道也好，黃河的苦難全部在「版圖」上進行，「改道又改道」的重複，是「古老的河」的真相，隱喻了歷史不斷的變革，正應了一句「分久必合、合久必分」的輪迴循環。其中不只隱隱是「一個」感喟，這就是中國人的心聲。

竹孔與夜

〈夜笛〉

用竹林裡
越颳越緊的風聲
導引
一雙不眠的眼
向黑夜的巷尾
按摩過去

　　「夜笛」是一首短而有力的小詩，有如匕首。雖是社會詩，但較諸三十年代這一類型的作品，更顯得技巧高超，耐人尋味。可見現實題材只要別出心裁，還是具有其藝術價值的。非馬嘗矜持他的「詩的經濟觀」，夜笛小詩可為典型。他說：「一個字可以表達的，絕不用兩個字；前人或自己已使用過的意象，如無超越或新意，便竭力避免。」以此尺度加以檢查，其言誠然。

　　夜笛，事實上，即寫的按摩笛。但按摩笛一意象，前人已使用過。就語言符號的示意作用言，較缺少一種刺激性，故避免使用；同時「夜笛」除點明時辰外，還有一種謎面的效果，非馬喜歡將詩的高潮設計在詩末。這與小說技巧之設計情節，使讀者在解決危機、揭穿謎底之後，獲致懸宕的效果，屬於同一機杼。如「新與舊」，把新鞋對舊鞋的揶揄，用「回憶」二字作結[9]。「老婦」以沙啞唱片隱喻額紋，而以「我要活／我要活／我要」[10]，暗

---

[9]　《八十年代詩選》，頁195。
[10]　《八十年代詩選》，頁195。

示老婦心中的吶喊。夜笛即在逐漸披露中顯現「按摩」的題意。非馬設計這種結構，頗具匠心，迭創新意。

　　「用竹林裡／越颳越緊的風聲」，是實景，也是虛景：竹林風聲為淒厲之景；尤其在夜裡，在越颳越緊中，以聲音之淒緊，交代夜景，不但切合「笛」，而且切合「夜」──夜深但聞而未見，是為實景；如何是虛景？笛子是竹製的，竹林與笛子，可用修辭學上的借代──材料與製成物相代的關係加以聯結。笛子在越吹越急的狀態下，何嘗不可想像為竹林之越颳越緊，因為兩者都是風吹一竅也。笛聲、風聲的作用在「導引」。「一雙不眠的眼」寫出夜間工作者的辛酸，同時，暗示出來吹夜笛的按摩者，一般都是屬於目盲者的職業。目盲似乎永遠不眠，他緊緊閉著，從無機會真實感受天光，因此，眠與不眠，似乎沒有分別。當然，這層暗示是隱藏起來的，因為，不眠也有可能是夜間任一夜歸者，這裡只表示有這可能。但是謎底馬上揭穿，「向黑夜的巷尾／按摩過去」。不眠，可能是夜，等到「黑夜」二字出現，則詩題「夜」字已明；待「按摩」二字一出，則笛之誰屬又已明矣。「黑夜」形容「巷尾」，不但點明題意，同時暗示巷尾的深沉黑暗。既然，詩人的戲法，到最末已「能予讀者以有力的衝擊」，那麼「激發詩想與共鳴」就留待讀者去回味了。

　　八十年代的詩人，已學會尊重讀者的鑒賞力。他表達自己細意感受的一部分，然後留一部分予讀者去銜接。「夜笛」使用簡潔的語言符號，「導引」一顆顆靈敏的心，向意象的巷尾按摩過去。這是指，行盡巷尾，驀然皓月當街。那麼，詩人的任務已完成，這只是從美學觀念作說明。其實，我們換上另一觀點去張望，在颳緊的風聲，深沉的黑夜，從事按摩者將生活寄意在

一管笛子裡。「越颳越緊」的何嘗不是生活上的風塵？踽踽獨
行的何嘗不是存在中的孤獨？但這一切，盡付諸笛聲，但向知
音道。因此，非馬的夜笛，顯得天地寬敞。這就是八十年代的社
會詩。

螢幕裡的心顫

〈電視〉

一個手指頭
輕輕便能關掉的
世界

卻關不掉

逐漸暗淡的熒光幕上
一粒仇恨的火種
驟然引發
熊熊的戰火
燒過中東
燒過越南
燒過每一張
焦灼的臉

　　笠詩社素以提倡即物手法著稱，即現實生活的事物，深入感
受其意義。這種創作取向，能夠小中見大，生活即詩。非馬說：

「從平凡裡引出不平凡，從不可能裡推出可能。這種『不意的驚奇』，如果運用得當，常能予讀者以有力的衝擊，因而激發詩想與共鳴。」[11] 在平凡的事務中深潛感受，化腐朽為神奇，原是詩人直觀之力。〈電視〉一詩即是這樣又平凡又不平凡的一種「有力的衝擊」。

　　「一個手指頭／輕輕便能關掉的／世界」，這是日常生活的經驗，一個「輕輕」的動作關掉的世界，是怎樣的世界，在此作者製造一個懸宕，三行之中，先激發讀者的詩想。接著單獨一行，「卻關不掉」四字，是難堪的否定——「能關掉的」只是事物的表面事象。三節緊接著說：「逐漸暗淡的熒光幕上／一粒仇恨的火種」，「仇恨的火種」接榫在具體事物與隱喻的旨意之間，本來「逐漸暗淡」是可能趨於完全的蒙蓋下去的，但「關不掉」。這裡，有兩股對比：一個手指頭，輕輕，關掉，意指輕易可為的，「卻」在一粒火種的關不掉之下，指出一可怕的事實，那才真是現實的「世界」，至此詩人以一連串的事實，激起讀者的共鳴：你知道熒光幕上一粒小小的熒光，會逐漸展現「世界」，而一粒「仇恨」的火種，也會「驟然引發熊熊的戰火」，它逼出熒光幕上的殘酷世界，「燒過中東／燒過越南／燒過每一張焦灼的臉」，由寬廣的場景的轉移，超越時空，由中東到越南，最後將鏡頭的焦點集中在「焦灼的臉」上。焦灼，呼應「熊熊的戰火」，同時，也是心頭外現的焦慮。中東、越南，乃至世界的任一地域，這些會不斷地改變，但只有一種是不受膚色、種族、國籍的限制而改變的，那就是「每一張」臉。

---

[11] 《八十年代詩選》，〈非馬詩觀，頁192。

　　〈電視〉這一首詩，可說因熒光幕上的報導戰爭事件而起「興」的，一般均會以戰爭意象直接入手，描述其殘暴、不人道之一面，然後以諷喻戰爭作結。而非馬則顯然出之不同的手法，不先誇張戰爭，而在後半部處理。至于處理得「匠心獨運」之處，就在使用特寫鏡頭——每一張焦灼的臉。許多戰地記者深入戰場，他們用鏡頭去報導，固然有些喜歡以戰場上的真槍實彈、炮火連天為素材，但得獎的往往只是一張張焦灼的臉；逃難的、飢荒的、母乳子的、子背母的，焦點卻在那茫然、焦慮、表情複雜的臉，因此非馬選擇它，已足夠顯示戰火的罪惡了。但這場面，熒光幕、報紙以及各種傳播工具都在報導，他選擇了熒光幕，因為它的形象鮮明，深入每一家庭，而且幕現幕隱，最快速也最易被遺忘，報紙還可細讀，圖片尚可靜觀，只有熒光幕最能隱喻人類的記憶——戰爭，最受咀咒，但也最易被忘掉。腦幕就如熒光幕。最重要的，非馬以電視之易被關掉的世界，事實，卻是關不掉真相，來諷喻人類之愚蠢：發動者愚蠢，而見後即忘的觀眾也是愚蠢。如果非馬能掌握時代的脈搏，這就是一首見證。

　　原載：台北《自立晚報》副刊，1980.5.10、1980.5.12。

閱讀大詩05　PG0562

 你是那風：非馬新詩自選集
第一卷（1950－1979）

作　者	非　馬
責任編輯	鄭伊庭
圖文排版	陳宛鈴
封面設計	王嵩賀

出版策劃	釀出版
製作發行	秀威資訊科技股份有限公司
	114 台北市內湖區瑞光路76巷65號1樓
	電話：+886-2-2796-3638　傳真：+886-2-2796-1377
	服務信箱：service@showwe.com.tw
	http://www.showwe.com.tw
郵政劃撥	19563868　戶名：秀威資訊科技股份有限公司
展售門市	國家書店【松江門市】
	104 台北市中山區松江路209號1樓
	電話：+886-2-2518-0207　傳真：+886-2-2518-0778
網路訂購	秀威網路書店：http://www.bodbooks.com.tw
	國家網路書店：http://www.govbooks.com.tw
法律顧問	毛國樑　律師
總 經 銷	聯合發行股份有限公司
	231新北市新店區寶橋路235巷6弄6號4F
	電話：+886-2-2917-8022　傳真：+886-2-2915-6275

出版日期	2011年9月　BOD一版
定　價	320元

國家圖書館出版品預行編目

你是那風：非馬新詩自選集. 第一卷, 1950－
1979 / 非馬著. -- 一版. -- 臺北市 : 釀出版,
2011.09
　　面；　公分. -- (閱讀大詩 ; PG0562)
BOD版
ISBN 978-986-6095-37-5(平裝)

851.486　　　　　　　　　　100013604

讀者回函卡

感謝您購買本書,為提升服務品質,請填妥以下資料,將讀者回函卡直接寄回或傳真本公司,收到您的寶貴意見後,我們會收藏記錄及檢討,謝謝!
如您需要了解本公司最新出版書目、購書優惠或企劃活動,歡迎您上網查詢或下載相關資料:http:// www.showwe.com.tw

您購買的書名:＿＿＿＿＿＿＿＿＿＿＿＿＿＿＿＿＿＿＿＿＿＿

出生日期:＿＿＿＿年＿＿＿＿月＿＿＿＿日

學歷:□高中 (含) 以下　　□大專　　□研究所 (含) 以上

職業:□製造業　□金融業　□資訊業　□軍警　□傳播業　□自由業
　　　□服務業　□公務員　□教職　　□學生　□家管　　□其它＿＿＿

購書地點:□網路書店　□實體書店　□書展　□郵購　□贈閱　□其他
您從何得知本書的消息?

　□網路書店　□實體書店　□網路搜尋　□電子報　□書訊　□雜誌

　□傳播媒體　□親友推薦　□網站推薦　□部落格　□其他＿＿＿＿＿

您對本書的評價:(請填代號　1.非常滿意　2.滿意　3.尚可　4.再改進)

　封面設計＿＿　版面編排＿＿　內容＿＿　文／譯筆＿＿　價格＿＿

讀完書後您覺得:

　□很有收穫　□有收穫　□收穫不多　□沒收穫

對我們的建議:＿＿＿＿＿＿＿＿＿＿＿＿＿＿＿＿＿＿＿＿＿＿＿

＿＿＿＿＿＿＿＿＿＿＿＿＿＿＿＿＿＿＿＿＿＿＿＿＿＿＿＿＿＿＿

＿＿＿＿＿＿＿＿＿＿＿＿＿＿＿＿＿＿＿＿＿＿＿＿＿＿＿＿＿＿＿

＿＿＿＿＿＿＿＿＿＿＿＿＿＿＿＿＿＿＿＿＿＿＿＿＿＿＿＿＿＿＿

11466
台北市內湖區瑞光路 76 巷 65 號 1 樓
秀威資訊科技股份有限公司　　　收
BOD 數位出版事業部

....

（請沿線對折寄回，謝謝！）

姓　　名：＿＿＿＿＿＿＿＿＿　年齡：＿＿＿＿　性別：□女　□男

郵遞區號：□□□□□

地　　址：＿＿＿＿＿＿＿＿＿＿＿＿＿＿＿＿＿＿＿＿＿

聯絡電話：(日)＿＿＿＿＿＿＿＿＿(夜)＿＿＿＿＿＿＿＿＿

E-mail：＿＿＿＿＿＿＿＿＿＿＿＿＿＿＿＿＿＿＿